KB148518

물결나를
생각함

물 건너 나를 생각함

성선경 에세이

황금알

자서(自序)

여월(如月)에도 가덕동백을 보러 못 갈판인데

오로지 한 것이 무엇이냐?

어머니는 화단에 겨울초를 심어 유채꽃이나 보잔다.

어디에서 나비는 날아올는지

나는 다촛점 돋보기안경이나 닦는다.

차례

제1부

제2부

제3부

제 4 부

제1부

봄

입춘(立春)이다. 대자연의 운행은 전자시계보다 정확하다. 남도의 땅도 봄기운이 완연하다. 어느 시인은 마산의 봄이 가포 덕동을 돌아온다고 했고, 어떤 시인은 최루탄 가스로 온다고 했는데 나의 봄은 저 쑥국 끓이는 냄새로 온다. 시골 어머니가 끓여 주시던 따뜻한 쑥국 한 그릇. 나는 그 쑥국 한 그릇으로 겨울 내복을 벗고 내 마음으로 내 몸으로 봄을 받아들이는 것이다. 자 이제부터는 정말 봄이다 하고. 하늘도 움츠리고 땅도 폐색(閉塞)된 얼어붙은 겨울이 가고 새 생명의 발아하는 기운이 천지 산하에 가득하다. 이제 농부들은 보습을 닦고 낫을 갈고 삽을 둘러매고 들로 향할 것이다.

입춘(立春)은 봄을 세우는 것이다. 새로운 계획을 세우고, 그 준비를 하고, 일을 시작한다. 새로운 하늘을 세우고, 새로운 땅을 세운다. 봄 땅을 키우고, 봄풀을 키우고, 사람을 기른다. 그래서 봄은 새벽녘 장독대에 청수를 올리고 비손을 하는 어머니같이 어질다. 이 어진 봄은 늘 우리에게 개벽(開闢) 같은 희망을 준다. 봄에 씨 뿌리지 아니하면 가을에 거둘 것이 없다(春無仁이면 秋無義라) 라고도 했다. 봄의 어짊이 없다면 가을의 의로움도 없다. 나도 새봄을 맞아 새로운 아이들과 만날 것이다. 어진 봄, 나는 그날이 그리워진다.

두릅 한 단

퇴근하는 길, 북마산시장에 들러 두릅 한 단을 샀다. 상큼한 봄 냄새가 한 소쿠리 집안까지 따라왔다. 나는 하릴없이 재래시장을 기웃거리며 돌아다니기를 좋아한다. 그곳에 놓인 쑥 한 줌, 미나리 한 움큼, 파 한 단이 도란도란 우리들 삶의 모습같이 따뜻해서 좋다. 그래서 나는 종종 시장구경을 다닌다. 그중에서도 특히 봄날의 시장풍경을 더 좋아한다.

아내와 나의 산책코스가 시장을 한 바퀴 돌아보는 일로 대체되는 날도 종종 있다. 북마산시장이거나, 주공시장이거나, 어시장이거나, 시장의 풍경은 왠지 생기가 넘치고 활기가 살아있다. 그래서 나는 오늘 퇴근길을 일부러 시장을 둘러 가는 코스로 잡았다. 그리고 두릅 한 단을 샀다.

두릅, 하고 입술을 모으면 마른 가지에 새순이 돋고, 봄 내음을 물씬 풍기며 아른아른 내 군시절을 생각하게 한다. 내 젊은 이십 대의 삼십 개월을 보낸 용문산에도 봄이 오면 산나물들이 지천이었다. 참나물, 두릅, 곰취 등이 군 짬밥에 지친 입들을 한순간이나마 달래주었다. 특히 제대를 앞두고 봄 마중을 갔던 상원사 옛터의 두릅밭은 기억의 꽃샘추위에도 늘 새순이 돋아있다. 나는 오늘 저녁 두릅을 앞에 두고 내 아이들에게 군시절 이야기를 들려줄 것이다.

아들의 낡은 운동화

운동화를 찾아 신발장을 뒤지니 내 신발이 없다. 씻기 위해 물에 담갔다며 아내는 아들의 낡은 운동화를 내준다. 아들의 발에 맞지 않아 이제는 신을 수 없게 된 신발이란다. 나는 아들의 낡은 운동화를 신으며 생각했다. 이제 나도 다 되었구나. 품 안에 자식이라는데 이젠 발도 나보다 더 크니……

생각해보면 두 아이를 키우며 참 많이도 헌 옷들을 얻어 입혔다. 가난이 원인이 되기도 했지만 그보다 나와 아내의 의지가 그렇게 했다. 생전의 퇴계 선생께서 후손들에게 유언으로 아이들이 일곱 살이 될 때까지는 헌 옷들을 얻어 입히라고 하셨다. 석복의(惜福衣)다. 철없는 나이의 아이들은 새 옷이 얼마나 귀한 것인지를 모를 때니 이를 아껴두었다가 다음에 어른이 된 뒤 이 기쁨을 맛보라는 말씀이다. 복도 아끼면 저축이 된다는 성현의 생각이다. 나는 이를 깊이 공감한다.

나는 내 좁은 집의 당호를 석복제(惜福齊)라 정했다. 아무리 사소한 것이라도 아끼자는 것이다. 나는 내 아이들이 이런 마음으로 살길 바란다. 아주 조그마한 것부터 아주 크고 좋은 것까지 나를 위해 또 다른 누구를 위해 이런 마음으로 살았으면 한다. 나는 아들에게 운동화 하나를 얻었다.

벌꿀 한 되

지인의 소개로 벌꿀 한 되를 샀다. 지리산 산청 벌꿀이다. 집으로 돌아와 피곤한 참에 따뜻하게 한 잔 타 마시니 그야말로 꿀맛이다. 피로가 싹 사라지는 느낌이다. 시원하게 한 잔을 마시고 잠깐 생각하니 갑자기 이 꿀이 귀하기로 치면 무슨 영약같이 느껴진다. 이런 생각이 나는 것은 지난 해의 꿀벌 파동이 생각나서다. 지난 해에 벌 부패 바이러스 때문에 전국의 꿀벌들이 거의 전멸하다시피 한 뉴스가 생각이 났기 때문이다.

꿀벌이 멸종한다는 것은 단지 꿀벌만의 문제가 아니다. 꿀벌의 생태계도 우리 인간과 자연의 생태계와 밀접한 연관이 있다. 꿀벌은 많은 식물들의 꽃을 수정하는 일을 한다. 식물들이 꽃을 피우는 것은 종족을 번식하기 위해서다. 종족을 번식하기 위해서는 수정이 필요하다. 이 꼭 필요한 일을 벌들이 하는 것이다.

달팽이 박사 권오길 선생의 표현을 빌리면 같은 나무의 암술과 수술은 수정이 되지 않는단다. 그래서 반드시 다른 나무와의 수정이 필요한데 이때 이 역할을 해주는 것이 바로 꿀벌이다. 만일 꿀벌이 사라진다면 많은 식물들도 종족 보존을 못 해 사라질지 모를 일이다. 이런 생각을 하니 이 꿀 한 되가 마치 저 먼 우주에서나 온 듯 더 반갑고 귀하게 여겨진다.

무엇이든 이 우주에 홀로 생존할 수 있는 것은 없다. 모든 생물들이 서로 기대고 의지하여 생존한다. 그래서 저 자연의 생태계는 서로서로 연계되어, 하나가 무너지면 다른 생물들도 영향을 받아 생태계가 무너지거나 혼란이 오게 된다. 모든 것이 저 혼자 저절로 이루어지는 것은 없다. 새삼 꿀 한 잔이 무척 귀하게 생각된다.

문득 반칠환 시인의 말도 생각났다. 우리들은 이 꿀이 꽃에서 온 것으로 생각하지만 반칠환 시인의 말을 빌리자면 이 꿀은 벌꿀들의 땀이란다. 한 송이 한 송이 꽃들을 수정하기 위해 날아다닌 그 땀이 바로 이 꿀이라는 것이란다. 생각해보면 정말 기가 막히게 옳은 생각이다. 꿀 1g을 얻기 위해 벌은 3만 송이의 꽃을 찾아다닌단다. 이렇게 보면 꿀은 정말 벌의 땀이 분명하다.

생각해보면 내 어릴 적에도 고향집에 벌꿀이 있었다. 그러나 이 벌꿀은 식용이 아니라 약용이었다. 간혹 산과 들을 쏘다니다가 벌에

쏘이곤 하면 어머니는 그 쏘인 자리에 벌꿀을 발라주시곤 했다. 그리고 커는 몸살을 앓아 입술이 터지면 그 위에도 벌꿀을 발라주셨다. 그래서 내 어린 날의 기억엔 벌꿀은 약용이었지 식용은 아니었다. 지금도 벌꿀은 한약재의 한 가지로 취급된다니 그 생각이 크게 잘못된 것도 아니다 하겠다.

늦은 봄, 벌꿀 한 되로 이런저런 상념이 많다. 벌은 꿀 1g을 얻기 위해 3만 송이 꽃을 찾는다는데 꿀 한 숟가락을 단숨에 마시는 나는 그만큼의 노력을 하면서 살았는지 반성이 된다. 저 벌꿀 한 되를 만들기 위해 벌들은 몇 만송이의 꽃들을 찾아다녔을까? 정말 나의 삶도 저 벌꿀처럼 달콤한 향기를 품을까? 벌꿀 한 되로 생각이 많아지는 늦봄. 그래도 꿀을 보니 벌들이 살아있다는 것으로 고맙고, 나의 삶에 대한 되돌아봄도 감사하다.

세상에 가장 아름다운 땅이 젖과 꿀이 흐르는 땅이라 말했다. 우리의 땅에서도 꿀이 난다면 이 땅은 꿀이 흐르는 땅이 아니겠는가. 그래 꿀이 흐르는 땅이다. 나는 이렇게 생각한다. 고맙다 벌들아. 고맙다 꿀벌들아. 나는 이 봄 꿀 한 되로 저 꿀벌들에게 감사를 표한다. 천지신명에게 감사를 표한다.

새해맞이

무자년(戊子年) 새해 첫날은 할아버지 할머니의 산소가 있는 선영(先塋)에 인사를 드리는 일로 시작했다. 다른 사람들도 새해가 되면 해맞이를 가거나 새해 산행(山行)을 하거나 하듯이 나는 새해를 할아버지의 산소에 참배하는 일로 시작했다. 이것은 우리 집 가풍(家風)이다. 나는 비교적 이 가풍을 잘 지키는 편이며 이를 아주 즐거워한다. 그래서 가슴이 아주 답답하거나 아무런 이유도 없이 마음이 심란할 때면 자주자주 할아버지의 산소를 찾는다.

나도 그렇지만 내 동생들도 이를 아주 즐겨 할아버지 산소엘 참배하고 돌아오면 아주 마음이 편안해지고 근심과 걱정이 한결 가벼워진다고들 한다. 무자년(戊子年) 새해의 시작은 나에게 우리 가족에게 아주 큰 의미가 있는 해이다. 큰애는 대학 입학을 앞두고 있고, 둘째는 고교 진학을 하는 해이다. 할아버지 할머니께서 살아계셨더라면 아주 기뻐했을 일이다. 나는 막걸리 한 잔을 올리며 이 사실을 할아버지 할머니께 고하고 잘되게 해 달라고 빌었다.

우리 집안에는 이런 가풍들이 몇 개가 더 있다. 자신의 생일날 부모님께 미역과 쇠고기를 사들고 가 어머니께 미역국을 끓여드리는 것도 그중 하나다. 내 생일은 내가 태어난 날이지만 그날은 어머니께서 크게 고생하신 날이라는 게 그 이유다. 우리 형제들은 이런 가풍을 순순히 잘 따른다. 처음에는 이상하게 생각하던 아내도 그 내막을 전해 듣고는 아들에게 딸에게 너희들도 크면 꼭 그렇게 하라고 말하곤 한다. 생각이 바뀌면 천하가 다 다르게 보이는 법이다.

나는 한 집안의 장손으로 가풍을 잇는 일을 아주 힘들어했었다. 그러다 내가 이 일들을 즐거워하게 된 것은 사십을 넘기면서부터. 한 사람의 인생이 우편번호가 적힌 편지처럼 정해진 주소로 묵묵히 갈 수밖에 없는 길도 있다는 것을 알았다. 불혹(不惑) 전의 나와 불혹(不惑)을 지난 후의 나는 여러 가지로 다른 사람이다. 학교의 교사로, 시인으로, 집안의 가장으로 많은 것들이 바뀌었다.

이제는 그리고 그 길로 가는 것을 기쁘게 받아드리는 마음자리도 배웠다. 선영(先塋)에 서 있는 소나무처럼 묵묵히 그 자리를 지키는 일도 또 한 사람의 살이라는 것을 배웠다. 생각이 바뀐다는 것은 마음 자세가 바뀌고 태도가 바뀌는 일이다. 올해의 내 소망은 좀 더 조심하고 좀 더 침묵하는 일이다. 그동안 너무 많이 생각하고 너무 많이 말했다. 새해에는 생각도 좀 줄이고 말도 좀 줄이자.

이런 결심을 하고, 다짐하고 집으로 돌아오는 길은 내내 즐거웠다. 큰 선물은 한 아름 받아든 아이 같은 심정이다. 그래 다 잘되리라.

재미와 익명성

익명성(匿名性)의 사전적 의미는 "어떤 행위를 한 사람이 누구인지 드러나지 않는 특성"이라고 되어 있다.

우리는 모두 초등학교 시절 담벼락에 혹은 화장실 문 앞에 익명성으로 장난을 친 글귀들을 보고 자랐다. '누구는 누구와 사귄다'는 정보에서부터, '누구는 아주 나쁜 놈'이라는 성토까지 다양하게 접하고 컸다. 또 이런 것도 있었다. '이 화살표를 따라오세요', '이 화살표를 따라오세요'라고 계속하고는 그 끝에다 '속았지?'라는 장난도 재미있었던 것 중 하나였다.

그러나 이런 익명성의 재미가 인터넷이 보편화한 지금은 단순한 재미를 넘어 이젠 폭력으로 그 위력을 떨치고 있다. 자신은 익명성의 가면 뒤에 숨어서 돌팔매 장난에 재미를 붙이고 있지만, 당하는 당사자는 그 폭력성에 치를 떨어야 하고 죽을 맛이다. 누군가 장난으로 던진 돌멩이에 맞아 죽는 개구리 꼴이다.

실제로 이런 일이 여러 번 반복되어 그중 심한 경우는 당사자를 죽음에 이르게까지 한 일도 있었다. 자신의 인격과 생애를 드러내고는 하지 못하는 폭력적인 행위를 익명성의 가면 뒤에서는 서슴지 않는 것이 인간의 비도덕적 본성인지도 모르겠다.

요즘 인터넷의 실명화(實名化)에 대해 이러쿵저러쿵 말들이 많다. 익명성 뒤에 숨어서 제 마음대로 성토하다 아니면 그뿐인 것도 자유고, 여론인지는 모르겠다. 그러나 자유란 남의 자유를 침해하지 않는 범위 내에서 이루어져야 한다. 내 자유로움을 위하여 남의 자유를 침해한다면 그것은 자유가 아니라 방종이다.

나는 지금 이편이 옳고, 저편이 그르다. 라는 이야기를 하려는 것이 아니다. 우리는 익명성의 폭력적인 위력을 충분히 느끼고 있다. 누구도 이 인터넷 시대에서는 익명성의 폭력으로부터 자유롭지 못하다. 나는 이 폭력에 대한 두려움을 이야기하고자 하는 것이다. 이젠 이런 일들이 단순한 재미를 넘어섰다. 나는 이것이 두렵다.

고양이의 쥐 생각

날씨도 더운데 더운 말씀을 하긴 그렇지만 참 요즘도 철 지난 명분으로 장난을 치는 고양이들이 있다. 대저 명분이란 포장이 그럴듯해서 얼핏 보면 참 옳은 말씀이다 싶을 때가 종종 있는 법이다.

그러나 태생적 한계로 고양이는 고양이 입장에서 발상의 출발이 되고, 쥐는 쥐의 입장에서 발상의 출발이 되기 때문에 같은 문제를 두고 보더라도 그 풀어가는 방법이 전혀 다를 수밖에 없다.

근래 담뱃값과 소주 가격 인상을 놓고 국민들의 건강을 위해서라는 그럴듯한 명분으로 포장을 해서는 슬금슬금 저녁 해거름처럼 그림자를 덮어오고 있다. 명분이야 그렇다. 야, 담배는 몸에 해롭다. 담배를 좀 피우지 마라. 담뱃값을 올리면 좀 덜 피우겠지? 그래서 담뱃값을 올려야 되겠다. 같은 논리로 야, 술은 몸에 해로우니 좀 작작 마셔라. 소주 가격을 올리면 좀 적게 먹겠지? 그러니 소주 가격을 올려야 되겠다. 이 좋은 생각에 어떤 쥐들이 반대를 하겠느냐? 이런 생각들이다.

하고 많은 것 중 고급 양주도 아니고 하필 소주냐? 이 땅의 많은 쥐들에게는 소주 한 잔이 친한 친구보다 더 마음의 위안을 주고 담배 한 대가 우울한 하루를 견디는 큰 힘이 될 때가 많다. 담뱃값을 올리고 소주 가격을 인상하면, 모두들 금연을 하고 금주를 하고 헬스장으로 골프클럽으로 갈 것 같은가?

뉴욕에서 신문가격을 올리니 그해 겨울에 동사자(凍死者)가 몇 배로 늘었다는 뉴스를 본 적이 있다. 이 조그마한 변화에도 가엾은 쥐들은 영향을 받는다. 제발 이 조그마한 위안만이라도 그냥 두시라. 차라리 담배와 술은 건강에 해로우니 삼가자는 공익광고나 더 늘릴 일이다.

OECD국가 중 정년퇴직 이후에 가장 오랫동안 노동현장에 남아있는 국가가 멕시코와 우리나라란다. 이들이 노동현장을 떠나지 못하는 것은 경제적 문제가 가장 큰 이유다.

우리나라의 노년들은 정년 후 약 11년 동안 노동현장에 남아있는 것으로 발표되었다. 60세를 정년으로 보았을 때 약 71세까지 노동현장에 남아있다는 말이다. 이들이 안온한 노년을 보내고 싶지 않아 많은 나이에도 불구하고 노동현장을 지키는 것이 아니라는 것은 삼

척동자(三尺童子)도 다 아는 일이다.

이제는 제발 명분만 가지고 아전인수(我田引水)격의 섣부른 선동은 하지 말자. 부동산 경기의 안정을 위해서 부동산 보유세를 낮추어주는 여유를 우리나라는 가지고 있다. 세금이 필요하다면 좀 더 많이 가진 자에게서 구해야 할 것이다. 쥐들이 아무리 어리석어도 구밀복검(口蜜腹劍)의 달콤한 말에 속을 정도의 바보는 아니다.

요즘은 정부에서 무엇을 한다고 말만 하면 무서운 생각이 든다. 국민의 복지를 위해서, 여가선용을 위해서 만든다는 경륜장이나 복권사업이 가난한 민생들의 주머니를 털어왔던 것이 사실이다. 그러나 그곳에서 나오는 이윤들은 어디에 사용되는지 잘 모르겠다. 정말 그 이윤들이 서민을 위해서 사용되는지? 서민들의 주머니만 털어온 게 아닌지? 생각해볼 일이다.

최근에 대학입시제도로 입학사정관제를 도입한단다. 명분이야 옳을 것 같고 그럴듯하다. 그러나 도입한다는 말이 돌자 벌써 입학사정관제 대비 학원이 생겼다. 아주 대입 사정관의 요구사항에 맞춤으로 계획을 짜고 스크랩을 하는 일들을 학원에서 대행한다는 것이다. 그러나 학원의 도움을 받을 수 없는 많은 가난한 학생들은 그 준비가 어려울 수밖에 없다.

옛날부터 지금까지 '초등학교의 학업성취도는 학부모의 능력이다'라는 말이 성문법처럼 내려오고 있다. 명분이야 아무리 옳다 그래도 이제는 대학을 가는 일까지 부모의 능력에 따라 달라져서야 되겠는가?

참, 고양이들이 해주는 쥐 생각에 쥐들은 죽을 맛이다.

물칸나를 생각함

　나는 봄이 오면 새 기운을 불러들인다고 봄맞이 화초를 한 분씩 사곤 한다. 올해도 시장의 화원(花園)을 지나다가 봄맞이 기념으로 물칸나 한 분을 샀다. 싱싱한 잎의 푸름이 좋아 보여 집안에 두면 집안의 기운도 푸르질 것 같아 거금(?) 칠천 원을 들여 사들고 집으로 돌아왔을 때 나는 오월의 녹음(綠陰)을 집으로 들인 것 같아 아주 기분이 좋았다.

　화원(花園)의 주인장 말씀이 직사광선은 피하는 것이 좋다고 해서 내 책상 위 햇볕이 반쯤 드는 곳에 두었다. 아침으로 물을 주며 하루하루 부쩍 자라는 모습을 감상하며 야! 이놈 좀 봐라, 하고 내 기분도 슬쩍슬쩍 푸르지는 것을 기뻐했다.

　푸른 칸나 같기도 하고 토란잎 같기도 하고 연잎 같기도 한 것이

어서 나는 내심 아주 함양 상림 숲 곁에 있는 연밭을 내 방에다 옮겨 온 듯 기뻐했다. 나는 연잎의 푸름을 아주 사랑한다. 내 어머니의 아명에 연꽃 연(蓮)자가 들어있어 더욱 그러하다.

그래서 나는 해마다 좋은 연밭을 구경하려 다니는 것을 좋아한다. 그리고 연잎 그림을 곁에 두고 종종 혼자 상념으로 연밭에 들곤 한다. 이런 내 마음을 아는지 싱싱함을 자랑하며 쑥쑥 자라주는 푸름을 나는 흥겨운 마음으로 바라보곤 했다.

그러다 일주일쯤 지나다 보니 이게 아니었다. 너무 잘 커 하루에 몇 센티미터나 자라다 보니 일주일쯤 지났는데 삼십 센티미터도 더 훌쩍 자란 것이 아닌가? 이렇게 자란다면 내 책상이 문제가 아니라 방문을 열고 베란다로 나갈 참이었다.

햇볕을 마음껏 받지 못한 이놈은 너무 웃자란 것이었다. 그래도 지켜보자며 며칠을 보냈는데 아니나 다를까 그 유순한 잎맥이 중간에 쿡 접히며 꺾어지는 것이 아닌가. 그래 내 그럴 줄 알았다. 무엇이든 자라는 데는 일정한 억압이 필요하다. 이 억압이 사라지면 동물이든 식물이든 웃자라게 되어있다.

식물의 제초제라는 것도 알고 보면 성장촉진제가 아니던가. 식물을 자신이 감당할 수 없을 만큼 빨리 성장을 촉진해 그 생명 밸런스를 깨뜨려 죽게 만드는 것이 제초제가 아닌가 하는, 생각이 들었다.

내 기쁨이 한순간 걱정으로 변했다. 허리가 꺾인 이놈을 보고 있자니 마음이 아프고 꺾인 부위를 자르자니 이 또한 못할 짓이다. 이제는 너무 자라 다른 자리로 옮기기도 무엇하고 이러지도 저러지도 못하고 난처한 입장이 되었다. 내 기쁨이 한순간에 걱정으로 바뀌었다. 나는 궁지에 빠졌다.

누구나 그러하겠지만 나는 아파트 베란다에 몇 개의 화분을 키우고 있다. 이 답답한 콘크리트박스에서 그래도 자연의 향기를 느끼고 싶어 아주 소중한 아이를 돌보듯 물을 주고 손길을 준다. 이 중에 몇 놈은 나와 아주 오래 살아 십 년을 넘긴 것들도 있고, 친구에게 좋은 날 선물로 받은 의미가 큰 화분도 있다. 그래서 이 화분은 이래서 의미가 있고, 저 화분은 저래서 좋아 물을 줄 때엔 이런저런 이야기를 화초들과 나누는 재미가 쏠쏠하다.

우리 선인(先人)들은 자연에 들어가 살기를 좋아했고 안빈낙도(安貧樂道)를 선비로서 삶의 한 지침으로 삼았다. 그러나 자연으로 들어가 살 수 있는 형편이 되지 못할 때엔 집안으로 자연을 불러들여 연못을 파고 가산(假山)을 만들고 바위와 나무를 심었다. 집 속으로 자연을 들인 것이다.

내 집은 그런 정도는 될 형편은 아니지만 봄마다 새순이 돋는 그 싱싱함을 좋아하여 춘란 몇 분, 화초 몇 분을 가까이 두고 새순이 돋을 적마다 새 식구가 는 듯 기쁜 눈길을 보내곤 하는 것이다.

나는 이 좋은 기분을 나의 아이들에게도 느끼게 하고 싶어 일부러

물을 줄 때가 되면 아이들에게 화분에 물을 주도록 부탁하고, 그 값으로 용돈을 주기도 한다. 아직 어린아이들이라 이 아비의 마음을 알 수 없겠지만, 혹여 그 마음의 십분지일(十分之一)이라도 느꼈으면 하는 기분으로 용돈을 줘가며 부탁 아닌 부탁을 하곤 한다.

혹여 춘란에 꽃이라도 필 양이면 온갖 호들갑을 떨면서 애들을 불러 모으고 아내에게 자랑하곤 한다. 내가 잘 키워서 일어난 일이 아니지만 내가 잘 키워서 이렇게 꽃이 핀 양 자랑 아닌 자랑을 늘어놓는다. 나는 우리 식구들이 난분 하나에서 가난한 선비의 맑은 향기를 느낀다면 이 얼마나 좋으랴 하는 마음에서 그런다.

다시 웃자란 나의 물칸나에 대해 생각해본다. 나는 올 봄을 그만 내 요량의 잘못으로 화분 하나를 망치고 말았다. 화분 하나만 망친 게 아니라 나의 봄 한 계절을 망치고 말았다. 튼튼하게 물칸나를 키우고 싶었다면 뜨거운 햇살과 매운 바람 앞에 내세워야 했었다. 그래서야만 튼튼하게 자랐을 것이다. 키만 자꾸 쭉쭉 뻗어 나가다 제 풀에 스스로 허리가 뚝 꺾이는 일이 없었을 것이다.

이제는 걱정만으로 해결될 것 같지가 않다. 이러지도 저러지도 못하고 그냥 자라는 대로, 꺾이는 대로 한 발짝 물러나 멀찍이 두고 볼 뿐이다. 나는 마음의 결기가 약하니 화분 하나도 어쩌지 못한다. 확 걷어치우지도 못하고, 꺾인 가지들을 잘라내지도 못하고, 볼 때마다 마음만 편치 않아 눈길을 이리로 주었다 저리로 주었다 한다.

나는 물칸나 한 분만 망친 게 아니다. 나는 함양 상림 숲의 연밭 하나를 망치고 말았다. 아니다, 내 어머니에 대한 애틋한 마음마저 상하고 말았다. 아이구 어쩌나 저 물칸나를.

오늘 점심 안성탕면

모래언덕에 새겨진 연흔(漣痕)은 바람의 발자국이다. 바람이 스스로 걸어간 마음의 길이 물결무늬를 만든다. 그래서 연흔의 북한말은 물결자리이다. 물결자리는 바람의 발자국을 옮긴 말이 되는 것이다. 모든 이름에는 그가 묵묵히 걷고자 했던 마음의 길에 대한 연흔이 있다. 물결자리가 있다. 점심(點心)이란 말도 그렇다.

점심(點心)이란 말은 '마음에 점을 찍듯 먹은 듯 안 먹은 듯하다.' 하여 나온 말이다. 때는 이어야 하지만 먹을 것이 귀한 그 옛날 마음에 점을 찍듯 냉수 한 잔으로, 쉬 말은 찬밥 한 덩이로 골을 메우고자 했던 선현들의 마음의 발자국이다.

아이들이 다 떠나고 아내마저 집을 비울 때 어쩌다 혼자 먹게 되는 점심을 나는 매우 곤혹해 한다. 이런 날은 자주 라면 한 그릇으로 점심을 때우곤 한다. 오늘도 그랬다. 아내는 일이 있어 집을 비우고 혼자 남아 점심을 때우게 되었다. 이때의 점심은 말 그대로 마음에 가벼운 점(點) 하나 찍는 일이다.

싱크대의 문을 여니 여러 종류의 라면들이 들어 있었다. 이것저것 살피다가 나는 그중 안성탕면을 골랐다. 안성탕면의 이름에 끌린 탓이다. 안성탕이라니. 무슨 도가니탕이나, 설렁탕, 곰탕처럼 더운 여름 한 끼 식사에 몸보신이 될 것 같은 이름에다 안성이라는 말에 안성맞춤이라는 말이 생각나서다.

내가 처음 라면을 먹어본 것은 초등학교 3학년인가, 4학년 때이다. 그때 라면값을 정확히는 기억나지 않지만 보리쌀 반 되 값으로, 매우 비쌌다. 그래서 손님이 오면 큰 대접을 한답시고 라면을 끓여 내었던 기억이 새롭다. 그래서 특별한 날이 아니고서는 라면 맛을 볼 수가 없었다.

긴긴 겨울밤 사랑방에 모여 이야기를 하다 지치면 라면 내기 화투를 치곤 했다. 민화투나 육백을 쳐서 돈을 모아 라면 잔치를 벌이곤 했다. 그때 라면의 맛이 얼마나 구수했는지 다음날이면 또 모여 라면 내기 화투판을 다시 벌이곤 했다. 어제 진 억울함을 푼다는 뜻으로 이야기했으나 실제로는 그 라면 맛을 잊지 못해 다시 판을 벌인 것이다. 나에게 라면은 이런 연흔이 남아있다. 물결자리가 남아있다.

점심(點心)이란 말 그대로 마음에 점(點) 하나 찍는 일인데, 쓸데없는 생각들이 길고 길다. 세상을 살다 보면 우리에게 정작 중요한 것은 물질적인 것이 아니라 심리적인 것일 때가 많다. 점심(點心)이란 말도 그렇다. 가볍게 넘긴다는 말을 마음에 점 하나 찍는다는 말로, 물질적인 것을 심리적인 것으로 슬쩍 바꾸어 놓았다. 마음에 점 하나 찍는 일.

그러나 생각해보면 마음에 점 하나 찍는다는 말은 얼마나 크고 무거운 것인가? 내가 너에게 마음의 점을 찍었다는 말은 너는 내게 아주 중요한 사람이란 말이다. 마음에 점 찍어둔 사람이란 말은 얼마나 진중하고 무거운 말인가? 마음에 점 찍는 일.

오늘 점심은 안성탕면이다. 물을 끓여, 라면 사리를 넣고 익을 때쯤 스프를 풀어 간을 본다. 후 후 불어가며 무슨 대단한 요리를 하는 것처럼 입맛을 쩝쩝 다신다. 상 위에 냄비 받침을 놓고, 수저를 놓고, 김치 종지를 놓고 라면 냄비를 상에 올린다. 자, 이제부터 정말 안성탕을 먹을 차례다. 안성탕면을 먹을 차례다. 내 한 끼 식사에 안성맞춤이 될는지? 그냥 한 그릇의 라면이 될는지? 이것이 문제다. 나는 오늘 점심을 안성탕면으로 해결했다.

고스톱과 상생의 정치

나는 고스톱을 잘 치지 못한다. 국민 대중오락인 고스톱을 잘 못
하니 사람들이 많이 모여앉는 날이면 나는 번번이 이상한 별종으로
취급받곤 한다. 내가 고스톱을 못 친다는 것은 결코 흑싸리 열과 흑
싸리 띠를 못 맞추거나 풍 열과 풍 띠의 짝을 못 맞추는 것이 아
니다. 그러나 나는 정말 고스톱을 못한다.

내가 곰곰이 생각해보니 고스톱의 진수는 역시 고(go)와 스톱
(Stop)에 있다. 고(go)할 때 고하고 스톱(Stop)할 때 스톱하는 것, 이
시기를 잘 알아야 한다고 생각된다. 그러나 나는 번번이 이 시기를
놓쳐 스톱해야 할 때 고해 바가지를 쓰고, 고해야 할 찬스에 상대의
패를 못 읽고 그만 스톱해 좋은 찬스를 3점짜리로 만들곤 한다. 이
러다 보니 패를 풀어야 할 때와 상대방의 패를 말려야 할 때도 알지

못하고, 내 생각만의 마구잡이식으로 쩍 쩍 패를 풀다 보면 판이 순식간에 엉망이 된다.

사람들이 처음에는 헷갈려 이 오리무중(五里霧中)의 내 행동을 무슨 고수(高手)쯤으로 생각하다 몇 판이 지나면 금세 알아차리고는 아주 무시하기를 뭐 대하듯 한다. 이쯤 되면 이번에는 저희들이 잘못하고도 마치 내가 잘못한 양 말하고 나에게 덤터기를 씌우는 등 아주 막대하기가 말도 못한다.

이렇게 되면 나는 더 판단력이 흐려져 고스톱판을 흔들고 점점 더 오리무중으로 패를 풀어 고스톱판을 아주 문란하게 만들어 질서를 어지럽힌다. 이것은 스포츠도 오락도 그 무엇도 아니어서 제발 너 좀 빠져라, 사정들을 하게 되고 나는 나대로 괜히 미안하고 쑥스럽다가도 또 깊은 소외감을 느끼곤 한다.

좋은 기분으로 놀러 갔다가 이놈의 고스톱 때문에 기분이 엉망이 된 일이 나에게는 부지기수다. 이렇게 국민 대중오락인 고스톱이 나로 인해 수모를 받게 되고, 나는 친구들 사이에서 무슨 고스톱 혐오자나 비사회적인 인사로 취급되곤 한다.

그러나 고스톱에도 가만히 생각해보면 타협과 절제가 있다. 어느 한 사람이 독주(獨走)하는 것을 막아 최소한의 점수만을 나게 하는데 이를 푼다고 한다. 또 결정적인 패를 가지고 두 사람 모두를 견제하는 법도 있다.

우리나라의 정치적 격변에 따라 고스톱의 방식도 여러 가지로 바꿔어왔다. 남이 설사를 한 것을 쌌다고 하는데 이놈을 가져올 때 피한 장만을 가져오는 방식에서 한 장만 남기고 나머지 몽땅 가져오는 전고스톱, 자신이 제일 필요로 하는 패를 가져오는 노고스톱, 도로 한 장씩 내주는 최고스톱 등이 대표적이다.

아무튼 정치와 고스톱은 서로 일맥상통(一脈相通)하는 바가 있는가 보다. 그러니 고스톱도 정치의 변천에 따라 변하고 새로운 규칙들이 만들어지지 않았겠는가.

고스톱을 보면 꼭 나만 이기려고 해서는 되지 않는다. 상대의 패를 읽을 줄도 알고, 적당히 풀 줄도 알아야 제대로 된 판이 이루어진다. 타협과 견제와 절제의 조화가 있다.

어디 정치라고 다르겠는가. 내 의사만 관통돼야 하고 다른 사람의 의사는 무시돼서야 어떻게 바른 판이 이뤄지겠는가. 모두가 상생(相生)이다. 서로를 살리고 서로 살려고 해야 한다. 나도 살고 남도 살리자. 이것이 정치 아니겠는가.

그런데 요즘 우리나라 정치판을 보면 내가 치는 이 고스톱판보다 더 무질서하다. 금세 약속을 하고도 판을 뒤집거나 처음부터 판 규칙이 맞지 않았다고 우기거나 아무튼 개판이다. 판을 제대로 읽지 못하고 패를 풀거나 먼저 풀어야 할 패를 나중에 풀고, 나중 풀어야 할 패를 먼저 풀거나, 끝까지 쥐고 있어야 할 패를 미리 던져놓거나 하는 것이 꼭 고스톱 못하는 내가 판을 헝클어 놓는 것처럼 뒤죽박죽이다.

고스톱이든 정치든 타협과 절제는 필요하다. 새해에는 우리에게 고스톱판만큼이라도 수긍이 되는 정치를 했으면 좋겠다. 새해의 작은 소망이다.

방패를 만드는 사람, 창을 만드는 사람

사람을 분류하는 방법은 여러 가지다. 인종에 따라, 민족에 따라, 직업에 따라, 생각에 따라 수없이 많다. 요즘에는 진보냐 보수냐 개혁이냐 반개혁이냐 하는 것이 유행하는 분류법이다.

그런데 나는 사람을 방패를 만드는 사람과 창을 만드는 사람의 두 부류로 나누어서 판단하곤 한다. 방패를 만드는 사람도 창을 만드는 사람도 다 무기(武器)를 만든다는 데는 공통점이 있으나, 그 마음의 씀씀이가 전혀 다르기 때문이다.

창을 만드는 사람은 이 창이 날카롭지 못해 상대를 해(害)하지 못하면 어쩌나 하는 마음으로 만들고, 방패를 만드는 사람은 이 방패가 튼튼해서 주인의 몸을 잘 지켜주기를 바라며 만든다. 그러니 어찌 같은 무기를 만들어도 그 마음이 같다고 할 것이며, 어찌 그 덕

(德)이 같다 하겠는가?

나는 좋은 사회란 방패를 만드는 사람들의 심성을 가진 사람들이 모여 사는 나라라고 생각한다. 옷을 만드는 사람은 이 옷을 입는 사람이 추위를 이겨 건강하고 자신의 일을 잘하길 빌면서 만들고, 신을 만드는 사람은 이 신을 신는 사람이 발이 편해서 하는 일마다 뜻대로 잘되기를 빌면서 만들고, 음식을 만드는 사람은 이 음식을 먹는 사람이 더욱 건강해져서 소원하는 바가 뜻대로 이루어지기를 기원하면서 만들어야 좋은 사회일 것이다. 이런 사람이 방패를 만드는 사람이다.

그리고 우리 모두 이처럼 해야 할 것인데 최근 전국을 들쑤셔 놓았던 불량만두 사건에서 보듯 사람의 심법(心法)들이 같지가 않다. 어찌 나쁜 마음으로 시작한 일이 좋은 결과를 낳겠는가? 콩을 심고 팥이 나기를 기다리는 어리석음이다.

여담이지만 진보니 보수니 하는 논쟁이 어리석게 느껴질 때가 많다. 예를 들면 정치적인 문제에서는 진보적이나 다른 문제에선 보수적일 수도 있지 않겠는가? 괜히 어떤 소속감에서 울타리를 만들어 목청을 높이는 일들도 수시로 보인다. 정말 마음이 문제지 그런 논쟁들이 진짜로 중요한가 하는 생각도 든다.

최근 어떤 사람은 이 나라 수도 서울을 하느님께 바치고, 또 다른 정치인은 이를 핑계 삼아 천도(遷都)의 당위성을 역설하고 있다. 모두 그 잘난 말자랑들이지 국민을 위해서 하는 소리로는 들리지 않는다.

정작 중요한 본질은 내팽개치고 말꼬리들을 서로 붙잡고 처음 우리가 왜 이 문제를 거론했는지조차 잊어버린 게 아닌가 싶다. 이들 모두 창을 만드는 사람이지 방패를 만드는 사람 같아 보이지는 않는다.

또 요즘 파병(派兵) 문제로 온 나라가 시끄럽다. 미국의 이라크 침공으로 시작된 이 전쟁에 갑자기 우리나라가 그 한가운데로 휩쓸려 들어가는 형국이다.

나는 지금 이 난제(難題)를 푸는 방식이 단순히 국익(國益)에 도움이 되느냐 아니냐의 논리이기보다는 진정 우리나라가 이라크에 대해 어떤 마음 씀이냐가 중요하다 생각한다. 방패를 만드는 사람의 마음 씀이냐, 창을 만드는 사람의 마음 씀이냐를 생각하고 결정할 일이라 생각한다.

창과 방패 이야기를 하면 또 생각나는 것이 한비자(韓非子)에 있는 고사(故事)이다. 중국 전국시대의 초(楚)나라에서 창과 방패를 파는 상인이 "이 창은 예리하기로 어떤 방패라도 꿰뚫을 수가 있다. 그리고 이 방패의 견고함은 어떤 창이나 칼로도 꿰뚫지 못한다." 고 자랑했다.

이때 어떤 사람이 "자네의 창으로 자네의 방패를 찌르면 어떻게 되는가?" 하고 물었더니 상인은 대답하지 못했다고 한 이야기다.

우리는 이라크 사태를 보며 미국의 태도에서 창과 방패를 파는 상인의 모습을 본다. 아니다. 입으로는 달콤한 말을 하면서 뱃속에는 칼을 지닌(구밀복검 : 口蜜腹劍) 사람들이 아닌가 자꾸 의심이 든다.

정의(正義)를 위해 총을 들었다는데 총소리만 들리지 정의는 보이지 않는다. 오히려 더 혼란스러워지고 헝클어졌다. 모순(矛盾)이다.

출사표(出師表)를 읽다

  선제(先帝)께서는 창업의 뜻을 반도 이루기 전에 붕어(崩御)하시고……로 시작되는 출사표(出師表)는 삼국지의 제갈량이 위(魏)나라를 징벌하기 위해 후주(後主)에게 올린 표문이다. 구절구절 선주(先主)에 대한 추모의 정과 후주(後主)에 대한 충성이 배어 있어 일찍이 소동파(蘇東坡)가 서경(書經)의 이훈(伊訓), 열명(說命)의 두 편과 견주었으며, 그 글을 읽고 울지 않은 사람은 충신(忠臣)이 아니라고 하는 평을 받았던 글이다. 그러나 이 글이 더욱 우리의 가슴을 울리는 것은 그 문장의 빛남에서 보다 그 후 제갈량이 보여주었던 충성스러운 행동 때문이었다.

  오늘날에도 많은 사람들이 출사표를 써 국민들에게 바친다. 기초의원으로, 시·도의원으로, 시장·군수로, 국회의원으로, 기타 단체

장으로 나서며 출사표를 쓴다. 그러나 이 애국적이고 애민적인 출사
표들은 이런저런 이유들로 일회용 연설문으로 그 사명을 다 하고 휴
지가 되곤 한다. 그래서 국민들은 거짓말쟁이 양치기에게 속은 마을
사람들처럼 이제는 그 어떤 말에도 믿음을 가지지 못한다. 으레 공
약(公約)은 공약(空約)이거니 한다.

지난 총선에서 집권 여당이 내건 공약(公約) 중에서도 많은 것들이
이미 공약(空約)으로 판명되고 있다. 아무리 좋은 비전을 제시하면
무엇 하나 다 공염불인 걸 하는 생각을 하게 된다. 훌륭한 기초단체
장이 되어서 이런저런 일들을 꼭 이루어 시민들을 위해 더 좋은 도
시를 만들겠다고, 이 한 몸 바쳐서 꼭 이루겠다고 목청껏 외치던 정
치인들이 자신의 정치적 야망을 위해, 보다 더 큰 정치적 입지를 위
해 시민과 국민에게 한 약속들을 자신의 임기 중에 헌 짚신 버리듯
팽개치고 변신(變身)에 변신을 거듭하는 요즘이다. 그래서 시민들 사
이에서는 임기를 채우지 못하고, 중도에 그만두는 정치인들에게 재
선거의 비용을 물리는 법을 제정해야 한다는 목소리가 나오고 있다.
왜 신의(信義) 없는 그들을 위해 국민의 세금을 낭비해야 하는지 나
도 이해할 수가 없다.

이화여대 총장을 지낸 김활란 여사는 일꾼과 삯꾼을 구분해 말씀
하셨다. 오늘도 내일도 그것이 자신의 일임을 알고 내일을 위해서
오늘 조금 더 일하고 준비하는 사람은 일꾼이요, 하루 그저 시간을

채워 하루 몫의 자신의 삶을 챙기는 사람을 삯꾼이라 하셨다. 내가 보기에는 오늘의 정치인 다수가 국민의 일꾼이 아니라 삯꾼이 아닌가 의심이 든다.

해결하기 어려운 난제(難題)를 만나면 제 임기 동안에만 어떻게든 모면해 보려고 온갖 변명과 핑계로 느물거리다 앞일이야 어떻게 되든지 국민들에게 인기가 있겠다 싶은 일엔 쌍나팔을 불어 제친다. 오십 년 뒤, 백 년 뒤의 걱정은 지나가는 강아지에게나 물어보란다. 이게 삯꾼이지 어디 일을 믿고 맡길 일꾼이겠는가?

제갈량이 출사표를 바치고 나간 후의 발걸음을 다시 한번 따라가 보자. 저 유명한 읍참마속(泣斬馬謖)의 고사(故事)를 비롯해 스스로 벼슬을 깎고 오장원에서 죽을 때까지 먹기는 적게 하고 일은 많이 하는(식소사번 : 食少事煩) 심사숙고를 다 했으며……. 그래서 저 출사표는 지금도 읽는 사람의 눈시울을 젖게 만드는 명문(名文)으로 우리에게 남아있는 것이다. 아무리 좋은 비전을 제시했다 하더라도 그것을 행하지 못하고 지키지 못한다면 그것이 다 무슨 소용인가? 이제 우리 정치인들은 출사표를 다시 써야 할 것이다. 그리고 그것을 좌우명(座右銘)으로 늘 오른편 곁에 두고 한시라도 잊지 말도록 해야 할 것이다. 말과 행동이 다르고 처음과 끝이 다르다면 어찌 그를 국민들이 지도자로 여기고 따르겠는가? 지금도 의적(義賊)을 주인공으로 한 드라마가 인기 절정이다. 어떻게 이 시대에 그런 이야기가 이렇게 큰 공감대를 형성하겠는가? 낮도깨비 같은 이야기겠지만 아마 우리 국민들은 지금 믿을 만한 지도자에 그렇게 목이 마른 것이 아닌가 한다. 나는 다시 출사표를 읽는다.

궁궁을을(弓弓乙乙)

　이십여 년을 살던 아파트를 처분하고 주택을 사서 이사를 했다. 불의의 사고로 아버지를 여의고 홀로 되신 어머니를 모시기 위해서다. 내 형편에는 다소 무리다, 싶게 대출을 하여 좀 넓은 집으로 이사를 했다.

　이사한 집의 한켠에는 작은 화단이 있어 나를 기쁘게 하였다. 나는 평소에 좋아하던 나무와 꽃을 심을 요량으로 이런저런 궁리를 하고 있었다. 그런데 어느 날 퇴근을 하여 집에 오니 화단에 나 있던 잡풀들이 말끔하게 뽑히고 정리가 되어있었다.

　나는 어머니께서 심심풀이 장난으로 호미질을 한 것으로 생각했다. 다음날 다시 퇴근하고 돌아오니 풀꽃 몇 포기가 사라지고 없었다. 빈 공간이 조금 더 넓어졌다. 이렇게 일주일을 보내고 나니 화단에는 고작 키 작은 나무 세 그루만 남고 모두 텃밭으로 바뀌었다. 어머니는 상추와 열무를 심고자 했다. 나의 화단 구상은 그것으로 끝났다.

구시렁거리는 아내에게 어머니가 심어놓은 상추와 열무보다 더 아름다운 화초가 어디 있겠느냐고 슬슬 어르고 달랬다. 나는 아직도 촌놈이라서 꽃 중에 제일 아름다운 꽃은 목화요, 반찬 중에 제일 귀한 반찬은 소금이라는 할아버지의 가르침을 지금도 지키고 있다. 그래, 어머니가 심어놓은 상추와 열무보다 아름다운 풀과 꽃이 어디 있겠느냐.

나의 상추밭은 관상용
어디까지나 눈으로만 풍요를 즐기는
세상에 둘도 없는 꽃이고 풀이다
어찌나 예쁜지
간혹, 아내가
한 잎 뜯어 쌈 한 번 싸먹자 그러면
예끼, 이 사람아!
어디 수족관의 금붕어로 매운탕을 끓여?
호통도 치면서 지긋이 바라보는
나의 채마밭은 어디까지나 관상용
눈으로만 즐기는 농사
세상에 둘도 없는 풀과 꽃이라고

제1부

51

물조루를 들고 아침, 저녁으로

문안 인사를 드리는

나의 채마밭은 관상용

꽃이 펴도 좋고

꽃이 피지 않아도 꽃밭인

나의 텃밭은 어디까지나 관상용

눈으로만 즐기는 농사

눈농사.

―「궁궁(弓弓)」

이다음 누군가 우리 집을 방문하게 되면 나는 우리 집에서 제일 아름다운 이 화단을 자랑할 것이다. 어디 저 상추와 열무가 어머니 당신 드시자고 심은 것이겠냐? 저 모두는 다 자식들 입에 손주들 입에 우물거리게 하려고 심은 것일 게다. 세상에 제일 아름다운 것이 자식들 입에 밥 들어가는 모습이라 생각하시는 어머니를 생각하면 저보다 더 값진 풀과 꽃이 없을 성 싶다.

나의 화단은 이제 채마밭이 되었다. 세상에서 제일 아름다운 풀과 꽃이 자라는 화단이 되었다. 궁궁을을(弓弓乙乙). 활을 들자 새가 날았다.

다반사(茶飯事)

다람쥐 쳇바퀴 돌리듯 또 하루가 간다. 아니 하루하루가 간다. 이때 하루란 시간의 개념이지 삶의 개념이 아니다. 내겐 삶의 개념과 시간의 개념이 약간 다르다. 시간은 이성적 개념이라면 삶은 감성적 개념이다. 나에게 중요한 것은 삶의 시간이다. 내가 나를 위해 내 인생을 위해 무엇인가를 한 시간. 남들이 보기에는 별로 중요해 보이지 않지만 나에게는 중요한 시간. 이것이 삶의 시간이다.

그런데 아무 의미 없는 시간의 개념을 살고 있다는 생각이 나를 힘들게 한다. 아침이면 눈을 뜨고 부랴부랴 출근하고, 종 치면 들어가고 종 치면 나오고 벽장시계 속의 뻐꾸기 같다. 무엇이 나를 이렇게 만드는지 모르겠다. 이것은 꼭 내가 하지 않아도 될 일인데 내가 굳이 이 일을 해야 하는지 의문이 든다.

흰 것은 희고 검은 것은 검다. 장자는 말했다. 고니는 매일 목욕을 하지 않아도 희고 까마귀는 매일 먹을 묻히지 않아도 검다. 내가 채색을 하지 않아도 흰 것은 희고 검은 것은 검을 텐데 나는 요즘 벽장 시계 속의 뻐꾸기로 산다.

밥 먹고 차 마시는 일처럼 매일매일 반복되는 일을 다반사(茶飯事)라고 한다. 그런데 밥 먹는 일도 허겁지겁 하고 차(茶) 한 잔 마시는 일은 뭔가 여유가 생겼을 때만 가능하다. 마음 편히 밥을 먹고 차 한 잔 마시는 일이 무슨 특별한 일이 되어 버렸다.

이러다 보니 '밥 한번 먹자.' 라는 말이 '당신은 나에게 중요한 사람입니다.' 라는 의미로 사용되고, '차 한잔 합시다.' 라는 말은 '당신은 나에게 특별한 사람입니다.' 라는 뜻으로 읽히는 요즘이다. 다반사(茶飯事)의 의미가 바뀌고 있다. 오죽했으면 한 정치인이 '저녁이 있는 삶'을 정치 모토로 삼았을까 싶다.

> 불알이 떨어질라 달리면
> 세상 밖으로 쭉쭉
> 나아가는 줄 알았다.
> 그대로 결승점에 도달하는 줄 알았다.
> 정년을 몇 년 앞두고
> 문득 돌아보니 그저 제자리다.
> 다람쥐 한 마리가

열심히
쳇바퀴를 돌리고 있었다.

누가 나에게 꿀밤을 쥐어주나?
저 떫은 맛.

- 「누가 나에게 꿀밤을 쥐어주나」

나는 다반사(茶飯事)가 원래의 의미를 되찾기를 기대한다. 밥을 밥처럼 먹고, 차를 차(茶)처럼 마시는 날이 되기를 희망한다. 아주 간단하고 아주 쉬운 일이 아주 어렵고 아주 특별한 일이 되어버렸다. 그 누구의 잘못도 없이 그렇게 되어버렸다. 정말 다반사(茶飯事)가 말 그대로 다반사가 되기를 희망한다. 한 잔의 차. 한 그릇의 밥.

열려라 문, 열려라 참깨

세상의 이치란 오묘하고 신묘해서 알 듯 알 듯하다가도 막상 일이 닥치면 오리무중으로 막막해진다. 세상사는 일이라는 게 어째 미리 내 속을 알고 내가 가장 피했으면 하는 쪽으로 나를 몰아가는 것 같다. 내가 빨간 수건을 준비하면 그날은 파란 수건이 필요하고, 내가 파란 수건을 준비하면 빨간 수건이 필요한 것 같다. 이러니 매양 허둥지둥 당하고 만다.

꼭 우리가 어릴 때 들었던 뒷간 괴담 같다. 어두운 밤 뒷간에 갈라치면 형들이 일부러 무서운 이야기를 해주곤 했다. 뒷간에는 무서운 귀신이 사는 데 볼일을 마칠 때쯤이면 나타나 빨간 휴지를 줄까? 파란 휴지를 줄까? 묻는단다. 아마 이 이야기는 밤중에 화장실을 들락거리는 습관을 고쳐보려고 지어낸 이야기겠지만, 세상사는 일에는 귀신이 곡할만한 일이 많다는 뜻도 되겠다. 이 이야기에는 빨간 휴지를 달라면 파란 휴지를 주고 파란 휴지를 달라면 빨간 휴지를 준단다. 내가 마주친 세상이란 이 귀신이야기와 유사하다.

시간의 짬을 낼 수 없을 만큼 바쁘면 이일 저일 생각지도 않았던 일들이 생겨 더 허둥대게 하고, 막상 시간이 나면 아무런 할 일이 없어 빈둥거리다가 혹 친구에게 전화라도 할라치면 친구들은 하나같이 바쁘단다. 그런데 내가 바빠 허둥댈 때는 이 친구 저 친구 전화가 와 술이나 한잔 하잖다. 무슨 조화 속인지 알다가도 모를 일이다.

하느님에게 간청을 해도 우리에게 베풀어주시는 은혜가 이와 같단다. 내가 살 집이 필요해 기도하면 절대로 들어주지 않다가 이젠 집 따윈 필요 없어, 할 때쯤이면 생각도 않은 집을 덥석 안겨주신다. 내가 가진 작은 소망 중 하나가 내 아이들에게 각각 공부방 하나씩 주는 것이었다. 그러나 끝내 하느님은 이 소원을 들어주지 않으셨다. 그러다 아이들이 다 자립해 나가고 나니 내게는 더 필요도 없는 큰 집이 생겼다. 알 수 없는 조화 속이다. 간절함이 극에 달해 이젠 이것저것 다 필요 없다고 포기하는 심정이 되었을 때 그때가 돼서야 기도를 들어주신다. 참 알 수 없는 일이다.

그래서 세상을 산다는 것은 아득함이다. 이 아득함이야말로 우리네 삶을 한마디 말로 표현할 수 있는 유일한 말일 것이다. 이 아득함은 지나온 시간에 대한 회상보다 다가올 앞으로의 시간에 대해 더욱

강하게 느낀다. 제길헐 제길헐 지나온 시간은 그래도 이미 지나왔으니까 견딜 만 하지만 앞으로 다가올 시간은 막막하기만 하다. 누군가 이 지나온 시간에 대해 이렇게 정의했다. "내가 가장 행복해지고 싶었던 순간이 가장 행복했던 시절" 이라고. 참으로 미래를 불안하고 불편하게 만드는 말이다. 아득한 말이다. 그렇게 힘들게 지나온 그 날들이 내가 가장 행복했던 날들이란 말인가?

박재삼 시인은 "다 아득하면 되리라" 라고 노래했다. 아득하면 되리라. 아득하면 되리라. 나는 같은 시구를 계속 되뇌어 본다. 아득하면 되리라. 우리의 삶은 과연 얼마만큼 아득하면 될 것인가? 자주 모든 짐을 내려놓고 한가하게 늙었으면 하는 바람을 가지고 있는 나에게 삶은 참으로 아득하다.

그것은 저 군시절 제설작업과 같다. 눈은 치우고 나면 또 내리고 치우고 나면 또 내린다. 아침 기상을 하여 눈 한 번 치우고 아침 먹고 또 눈 한 번 치우고 점심 먹고 또 눈 한 번 치우고 잠시 한눈을 파는 사이 보급로가 눈에 막히고 포대로 올라가는 길이 막혔다. 군시절 삼 년 내내 이 일이 계속되었다. 참 아득한 일이었다. 지금의 내 삶도 그러하다. 계속 눈이 내린다. 정녕 아득하면 될 것인가?

열려라 문. 열려라 참깨.

물칸나를 생각함

제2부

시와 자작나무

퇴근길, 후배 시인이 경영하는 찻집 〈시와 자작나무〉에 들렀다. 코아양과 뒤편, 고향마을의 원두막처럼 고즈넉한 곳. 나를 위해 비워둔 다락방같이 숨겨진 아지트. 나는 여기서 혼자 차를 마시거나 후배들과 둘러앉아 술 마시기를 즐긴다. 그리고 창가에 놓인 책들 중 아무것이나 하나 뽑아들고 개미처럼 기어 다니는 활자들을 데불고 시간을 보낸다.

나는 이 조그만 찻집의 개업날부터 지금까지 단골손님이다. 누구를 만나기 위해, 혼자 있고 싶어, 어디 마땅히 갈 곳이 없어, 어쩐지 그냥 집으로 들어가기가 싫어 부지런히 들락거린다. 오늘도 나는 아무 일도 없이 그냥 쪼로롱 집으로 들어가기가 싫어 찾아갔다.

가덕도 출신의 후배는 늘 바닷냄새를 내게 전해준다. 이름 모를 물고기의 습성에 대해, 숭어들이의 장관에 대해, 어부들의 삶에 대해 내게 가만가만 소문을 내면 안 될 것같이 들려준다. 그러면 나는 옛날이야기를 듣는 아이처럼 초롱한 눈빛으로 가만히 듣곤 한다. 그리고 나는 쓸데없이 분노하거나, 흥분하거나, 지칠 때 후배가 끓여주는 차 한 잔으로 거짓말같이 감정을 잘 가라앉힌다. 그래서 나는 이 후배 시인을 내 막냇동생이거니 생각하며 산다. 나는 오늘 후배가 끓여주는 홍차 한 잔으로 쓸쓸한 마음을, 지친 몸을 달래고 왔다.

제2부

61

박시춘의 노래비

지난 주말에 나는 밀양을 다녀왔다. 한국시인협회에서 주최하는 청소년시문학캠프 덕분이다. 행사를 마치고 우리는 영남루 관광에 나섰다. 남천강과 영남루를 보고 밀양아리랑 노래비를 보고 박시춘의 노래비 앞에 섰다. 음악이 나왔다. 잔잔한 노래가 참 좋았다. 그런데 동행한 밀양의 시인이 이를 없애자는 말들도 있다고 했다. 백편의 시보다 한 소절 노랫가락이 어떨 땐 우리 마음에 더 큰 위안이 되는 것을 음치인 나도 아는데 이유야 있겠지만 안타까웠다.

천리(天理)가 있다면 공은 닦은 데로 돌아가고 죄는 지은 데로 돌아갈 것(若天理所在면 功歸於修하고 禍歸於作하리라)이라는데 사람들의 생각에 치우침이 너무 과하다 생각했다.

내가 사는 마산에도 비슷한 일들이 있다. 노산문학관이 그렇고 조두남음악관이 그러하다. 천하의 성인이 아닌 다음에야 한평생 어찌 옥에 티 같은 허점이 없겠는가? 공(功)은 공대로 과(過)는 과대로 전하면 되는 것이지 한 점 티 때문에 모든 공을 다묻는다는 게 어쩐지 부당하다는 생각이 든다. 함께 동행했던 유안진 시인도 비슷한 생각인 듯 박시춘의 생가 복원 건물을 한 바퀴 돌면서 내내 서운해하셨다. 만물을 살리자는 봄인데……

지리산 청학동(靑鶴洞)

　겨울 여행을 겸해서 지리산 청학동을 다녀왔다. 세상을 벗어나 판 밖의 도(道)를 닦는다는 지리산의 청학동은 오랫동안 내 그리움의 한 영역이었다. 이상향(理想鄕)으로서의 의미도 그러했지만, 내가 태어나고 자란 곳의 마을 이름도 청학동(淸學洞)으로 지명(地名)의 동음(同音)이 갖는 설레임도 한몫을 했다. 경상남도 창녕군 고암면 억만리 청학동. 내가 태어나고 자란 곳. 어머니의 자궁처럼 좁은 향교 고갯길을 넘어서면 넓게 펼쳐진 들녁. 때로는 벗어나고 싶어 몸부림을 쳤지만 늘 내 돌아가 젖 한 통을 먹고 배부른 어린아이처럼 아늑히 잠들고 싶은 곳. 나는 그런 그리움으로 지리산 청학동을 찾았다.

　그러나 막상 지리산 청학동을 찾았을 때는 그런 설렘이 하나씩 지워지고 있었다. 지리산 담수호 댐을 지나 계곡 입구에서부터 포크레

인 등 건설 중장비의 소음으로 골짝은 큰 토목공사현장같이 소란스럽고 어수선하였다. 관광지 어디서나 볼 수 있는 식당가와 선물가게, 교회 표지판. 수학여행 온 아이들처럼 수런대는 동계 수련생들. 도(道)도 없고 이상향도 따뜻한 고향의 모습도 없었다. 청학동, 도대체 무엇을 보고자 왔던가? 삼성당(三聖堂)을 참배하고 돌아오는 길에서 나는 무슨 큰 손해나 본 것처럼 우울해졌다. 보고자 하는 것은 반드시 볼 것이요, 익히 본 후에는 마음에 걸어두지 말라고 배웠는데 나는 체한 듯 잃어버린 그리움에 내내 마음이 걸려 있었다.

봄을 기다리며

일 년 사시 중에 봄만큼 설레는 계절이 있을까? 무슨 새로운 일이 새봄에는 꼭 있을 것 같고 작년과는 달리 무슨 기쁜 일이 꼭 있을 것 같아 마음부터 몸까지 다 설렌다. 무언가 새롭게 시작한다는 마음에서도 그렇고 한설(寒雪)에 움츠렸던 몸을 따스한 기운을 빌려 기지개를 켠다는 점에서도 그렇다.

마른 가지에 물이 오르고 새순이 돋듯이 마음속에도 봄을 기다리는 설렘이 새싹처럼 움이 돋는다. 무엇에 붕 뜬 것 같기도 하고 약을 먹은 듯 아롱거리기도 하고 아지랑이처럼 몽롱하기도 하다.

우수를 지나 경칩을 앞둔 요 며칠은 새 생명의 기운으로 천지가 가득찬 듯하다. 매화가 피고 버들강아지가 물이 오른다는 소식이다. 그럼 봄의 속도는 얼마만큼의 걸음걸이로 우리에게 달려올까?

작년 이맘때 기록을 보면 서귀포는 3월 21일에 벚꽃이 개화했고, 진해는 3월 27일, 서울은 4월 5일에 개화했단다. 천릿길을 대략 시속 1.6km로 북진한 셈이다. 생각에 따라서는 너무 느리다거나 너무 빠르다고 할 수도 있다. 그러나 기다림은 그쯤 되어야 하지 않겠냐는 것이 내 생각이다.

나에게 봄은 늘 삼월과 함께 온다. 어찌 봄이 꼭 삼월이 되어야 시작되겠냐마는 나에게는 느낌상 삼월이 되어야만 봄이 봄처럼 느껴진다. 이것은 나의 오랜 학교생활로 인한 것일 것이다. 삼월은 입학 시기이고 새 학기의 시작이다. 새로운 만남이 이루어지는 설렘의 달이다. 그래서 입춘, 우수가 다 지난 지금도 나는 삼월을 기다린다. 봄을 기다린다. 나에게 봄은 곧 삼월이며, 나에게 봄은 새로운 만남의 계절이다.

올해는 또 어떤 기쁜 일들이 내 앞에 기다리고 있을까? 새봄에는 어떤 만남이 나를 기다리고 있을까? 까닭 없이 아롱거리는 이 봄의 환상통을 나는 지금 아주 즐기며 겪고 있다. 괜히 기다려지고 괜히 설레는 봄을 나는 아주 그리운 임을 기다리듯 턱받침하고 기다린다. 왠지 봄에는 새로운 일이 나를 반겨줄 것 같아 기다린다. 그래서 봄이 좋은가 보다 하고 즐기고 있다.

어린 소나무를 위하여

    새해 새 학기를 맞이하면 간혹 흔들리는 아이들이 있다. 미래에 대한 불안과 자기 혼자 생각으로 나만 홀로 뒤처진 것이 아닌가 하는 조급한 마음에 생각을 다잡지 못하고 방황하기도 한다. 나는 이런 아이들을 위해 내가 알고 있는 시 한 편을 칠판에 적어주곤 한다. 하도 자주 하다 보니 연례행사처럼 자주 인용하게 되는 시이다. 합천의 의병장 정인룡의 시로 알고 있으나 추측일 뿐 정확한 출처도 모른다. 다만 그 뜻이 너무 좋아 잊지 않고 있을 뿐이다.

    "일척고송재탑서(一尺孤松在塔西)/ 탑고송단불상재(塔高松短不相齋)/ 방인막소치송단(放人莫笑稚松短)/ 송장타시탑반저(松長他時塔反氐)// 한 그루 외로운 소나무가 탑 서쪽에 서 있는데/탑은 높고 소나무는 작아서 서로 어울리지 못하더라/ 주위 사람들은 소나무가 어리다고 비웃지 마소/ 소나무가 자라는 다른 날에는 탑이 도리어 낮아지리라."

이 칠언절구는 천자문(千字文), 동몽선습(童蒙先習) 등을 읽고 있는 서당에 나이가 지긋한 고을 원님이 방문하여 너희들이 언제 글을 읽어 과거를 보겠느냐고 비웃자 정인룡이 일곱 살 적에 썼다는 한시(漢詩)다. 아직은 어리지만 언젠가는 낙락장송(落落長松)이 될 학동(學童)들과 이미 나이가 차 더는 자라지 않을 높은 탑에 대한 비유가 절창(絶唱)이다. 탑이 도리어 낮아지리라는 말이 너무 좋아 오랫동안 내 공부방에 당호(堂號)처럼 걸어놓았던 적도 있었다.

나는 이 구절을 좋아해서 우리 아이들이 기운이 꺾여 힘들어할 때나 좌절하여 방황할 때 만병통치약(萬病通治藥) 사물탕(四物湯)처럼 처방을 하곤 한다. 그러면 신기하게도 아이들은 힘을 얻고는 다시 씩씩해져서 새로운 계획을 세우고 용기를 내곤 하는 모습을 많이 보았다. 나는 이십 년도 더 써먹은 이 만병통치약(萬病通治藥)을 요즘도 또 꺼내 처방하곤 한다.

내가 이 한시(漢詩)를 알게 된 것은 대학 2학년 때다. 집안이 어려워 다음 학기 등록금을 댈 수 없어 휴학을 하고 입대를 하게 된 내가 여유 기간에 한학(漢學)을 하시던 고모부께 명심보감(明心寶鑑) 한 구절이나 배울까 하여 찾아뵈었을 때 들려준 시다. 마음은 한없이 흩어져 뭉게구름처럼 이런 모습을 하였다가 저런 모습을 하였다가 시시각각으로 변하며 내가 한없이 왜소해졌을 때 이 한 편의 시는 내게 큰 마음기둥이 되어주었다.

이제 자라나는 어린 소나무들은 자신이 얼마나 큰 소나무가 될지 아직 모른다. 자꾸 큰 탑만 보이고 그 탑에 가리어져 이다음에 올 자신의 큰 자리를 모르고 흔들린다. 모두들 우러러볼 낙락장송(落落長松)이 될 자신의 모습을 한 번만 그려보았으면 일어나지 않았을 방황을 하곤 한다. 나는 올해도 이 만병통치약(萬病通治藥) 사물탕(四物湯)을 새 학기 벽두에 또 처방할 터이다.

즐거운 오독(誤讀)

우리는 오감(五感)에 의지해 살아가지만 이 오감의 판단이 꼭 정확하진 않다. 시시때때로 오독과 오판(誤判)으로 혼동을 일으켜 당혹한 일을 겪게 한다. 그러나 이 감각의 오판이 꼭 나쁜 것만은 아니다. 이 오감의 혼동이 오히려 전화위복이 되기도 하고 즐거운 상상을 하게 하기도 한다.

마산에 거주했던 고 이선관 시인은 자신의 병 뇌성마비의 처지를 "내가 동포여 하면/ 사람들은 똥 퍼요"로 듣는다고 오독의 슬픔을 노래하기도 했다. 그러나 이런 오독의 즐거움이 이렇게 재치발랄한 시를 탄생시키지 않았나 한다.

누구는 '괴로운 사랑아/ 괴로운 사랑아' 노래하는데 이를 듣는 사람은 '그리운 사람아/ 그리운 사람아'로 듣는다면 이 또한 즐거운 일이겠다.

생전의 김동리 선생께서 "벙어리도 꼬집히면 우는 것을"이라고 시를 읊자 이를 들은 서정주 선생께서 "벙어리도 꽃이 피면 우는 것을"이라고 오독하고 참 좋은 시라고 칭찬했다는 일화는 유명하다. 오독이어서 더 빛나는 문구가 되었다.

> 해안식당에서/ 방금 칼치조림을 배불리 먹고 나오는데/ 꽃게, 멍게, 해삼, 소라/ 해산물 도매를 하는 진성상회 간판을/ 나는 진수성찬이라 잘못 읽었다./ 순간 진성상회를 진수성찬이라 읽었다./ 꽃게, 멍게, 해삼, 소라가/ 곧 진수성찬의 재료가 될 것이지만 / 아직 진수성찬이 되지 못한/ 꽃게, 멍게, 해삼, 소라가/ 너무 빨리 진수성찬이 되었다./ 내 눈이 잘못 읽는 그 순간/ 내 생각은 너무 빨리 달려 나간 것이다./ 오독은 눈이 아니라 생각에서 오는지/ 너무 빨리 달려간 생각에서 오는지/ 해안식당에서 방금/ 칼치조림을 배불리 먹고 나왔는데도/친절하게.//저기 오독(誤讀)이/ 문득으로 읽힌다.
>
> ─「친절한 오독(誤讀)」

나도 간혹 이런 오독을 경험한다. 눈보다 마음이 먼저 글을 읽고 생각이 먼저 풍경을 담는다. 즐거운 오독이다. 나는 간혹 낯모른 사람에게 인사를 하는 경우가 있다. 그것은 내가 보고 싶은 사람의 얼굴을 떠올리다 그와 비슷한 사람을 만나면 그로 오해하고 살뜰히 인

사를 하는 것이다. 인사를 하고 다시 보면 낯모를 사람이라 인사를
한 나도 서먹하고 인사를 받은 이도 무슨 영문인지 몰라 어색해진
일이 한두 번이 아니다. 생각이 눈보다 빨리 달려나간 것이다.

내가 어릴 때 우리 동네엔 간혹 방물장수가 보퉁이를 이고 다녀가
곤 했다. 어느 날인가 방물장수가 우리 집에 왔다. 방물장수는 어린
나를 보고 초콜릿을 내놓았다. 가난한 집인지라 어머니께서 만류하
셨지만 방물장수는 나를 홀릴 작정으로 그것을 내놓았다. 그러나 나
는 초콜릿을 본 적이 없으므로 그것을 비누로 착각하였다. 그때 우
리 마을에서는 양잿물을 받아 비누를 만들어 사용했고 그렇게 만든
비누는 검고 거칠었다. 내가 보기엔 그 초콜릿이 빨랫비누와 흡사
했다. 그 방물장수는 나의 오독 덕분에 나를 홀리는 데 실패했다. 나
는 그것이 초콜릿인 줄은 한참 뒤에서야 알았다.

내가 '사랑아 사랑아 괴로운 사랑아'라고 삶을 괴로워할 때 누군가
'사람아, 사람아 그리운 사람아'라고 들어줬으면 좋겠다. 이 얼마나
즐거운 오독인가. 사람아, 사람아 그리운 사람아.

낫과 호미

호미와 낫은 가장 오래된 농기구의 하나이다. 그래서 고려가요 '사모곡(思母曲)'에서도 이렇게 노래하고 있다. "호미도 날이 있지마는/ 낫같이 들 리가 없습니다./ 아버님도 어버이시지마는/ 어머님같이 사랑하실 분이 없습니다./ 아서라, 사람들이여/ 어머님같이 사랑하실 분이 없습니다.// "

고려가요 '사모곡(思母曲)'에서도 이렇게 아버지와 어머니를 호미와 낫으로 비유한 예를 보아도 호미와 낫이 얼마나 우리 곁에 가까이 함께했는지를 알 수 있다.

내가 어릴 때 우리 집에는 식구 수만큼의 호미가 있었다. '사모곡(思母曲)'에서는 호미를 아버지에 비유했으나, 노동의 방식을 생각할 때 호미는 남성적인 농기구가 아니라 여성적인 농기구다. 오히려 낫이 그 사용자의 대상을 고려하고 노동의 방식을 생각하면 남성적이다. 그러나 호미와 낫의 제조 과정을 보면 호미와 낫은 일란성 쌍생아처럼 유사하다. 만드는 방식이 비슷하고 생긴 모양새도 비슷하다. 보습 형태로 만들면 호미가 되고 날을 세우면 낫이 된다. 그래서 호미와 낫은 늘 함께한다. '사모곡(思母曲)'에서는 호미를 아버지에게 낫을 어머니에게 비유한 것은 같은 어버이라는 유사성을 이 두 농기구의 유사성에 기인한 것 같다.

호미는 김을 매는 도구이며, 낫은 수확의 도구이다. 나는 이 두 농기구와 함께 유년시절을 보냈다. 평일 학교를 마치고 돌아오면 나는 낫을 들고 들녘으로 나가 소에게 먹일 풀을 베곤 했다. 소가 먹는 이 풀을 우리는 소꼴이라 했다. 나의 하루 일과 중 가장 중요하고 절대적인 것이 이 소꼴을 베는 일이었다. 하루도 빠짐없이 한 망태씩 나는 소꼴을 해다 날랐다.

우리 집에는 아주 큰 농우소가 한 마리 있었다. 나는 이놈을 우진이라고 불렀다. 소 우(牛), 보배 진(珍). 내가 소꼴을 해다 먹인 우진이가 팔려가던 날 나는 많이 울먹였던 기억도 있다. 지금도 나의 왼손 잔등에 나 있는 많은 상처들의 대부분은 이 우진이를 위해 내가 소꼴을 하다 낫에 다친 상처이다. 나는 지금도 기억한다. 우진이의 그 큰 눈망울과 쉼 없이 되새김질하던 모습을.

소꼴을 하려 집을 나서면 먼저 오늘은 어디로 가서 소꼴 한 망태기를 할 것인지를 정해야 했다. 긴상구보로 갈 것인지 챙이방천 쪽으로 갈 것인지, 새논보로 갈 것인지를 정해야 했다. 이렇게 하여 갈 장소가 정해지면 먼저 풀이 무성한 논둑을 찾아야만 했다. 어쩌다 남들이 오랫동안 쳐다보지 않은 논둑을 만나면 그날은 큰 횡재를 한 것이었다. 나는 성큼성큼 풀을 한 망태기 일찍 채우고 기분 좋게 집으로 돌아오곤 했다. 그러나 이러한 일상 중에서 그런 횡재는 간혹 있는 일이고, 이 방천에서 저 방천으로 한동안 헤매고 다녀야 겨우 한 망태기 소꼴을 할 수 있는 날이 더 많았다. 그때는 그렇게 소꼴을 베는 사람이 많았고 모든 농가에서 소를 키웠다.

나의 이런 일상 외에도 공휴일 날이면 어머니와 콩밭을 매려 갔다. 이것은 나와 동생들의 또 다른 과업이었다. 나와 동생들은 친구들과 놀고 싶어 안달이 났지만 그럴 수는 없었다. 어머니의 엄명에 꼼짝할 수가 없었다. 콩밭 매기는 정말 지루함 그 자체다. 똥매산 건너 밭 일곱 마지기 콩밭은 매도 매도 끝이 없었다. 한 벌 매기가 끝날 즈음이면 먼저 맨 곳은 이미 다시 풀이 자라고, 다시 처음부터 밭매기가 시작되곤 했다. 정말 무더운 여름 콩밭을 매는 일은 고역이었다. 유행가 '칠갑산'의 노래가 아니라도 베적삼이 흠뻑 젖었다. 나는 게으름이 나 콩밭의 그 깊은 그늘 밑에서 몰래 드러누워 한참을 보내곤 했다. 이 지겨운 밭 매기는 언제 끝나나.

똥매산 건너 밭 일곱 마지기 그때 참 잘 팔아먹었지 시도 때도 없이 풀이 자라서 온 여름을 콩밭에서 땀띠를 키우던 똥매산 건너 밭 일곱 마지기 그때 참 잘 팔아먹었지 장날이면 꼭 한 사람씩 소 판 돈을 후려 가던 매구가 살던 똥매산 그 건너 밭 일곱 마지기 그때 참 잘 팔아먹었지 가을이면 콩이 몇 섬 참 달기도 단 고구마가 몇 섬 간혹 배부르기도 했지만 그 똥매산 건너 밭 일곱 마지기 그때 참 잘 팔아먹었지 똥매산을 한 번 지날 때마다 매구에 홀려 옆집 형이 가방을 싸고 뒷집 누나가 밤 차를 타던 그 지나치기 어렵던 똥매산 건너 그 밭 일곱 마지기 그때 참 잘 팔아먹었지 향교고개를 넘을 때마다 생각나는 똥매산 건너 그 밭 일곱 마지기 그때 잘 팔아먹었지 지금은 땅값이 올라 집을 몇 채를 사고도 남는다지만 똥매산 건너 그 밭 일곱 마지기 그때 잘 팔아먹었지.// 가난이야 한낱 남루에 지나지 않는다지만/ 이제는 매구가 살지 않는 똥매산 너머/ 마음의 허기는 허리를 꺾는다/ 내가 잃어버린 전설이 몇 개/ 내가 지워버린 신화가 또 몇 개.

—「똥매산에는 매구가 산다」

이 시는 긴 콩밭 매기와 관계가 있다. 똥매산 건너 밭 일곱 마지기, 매도 매도 끝이 없던 콩밭 매기와 그 지루함의 기억이 묻어 있다. 그러나 나에게 호미는 공휴일 어떤 날의 기억 일부이지만 어머니에게는 한평생이었다. 호미는 삶의 한 부분이 아니라 손이나 발처럼 신체의 일부였다. 아무 일 없이 들녘에 나갈 때도 호미는 따라 나섰고, 논이나 밭을 한 바퀴 돌아보고 돌아오는 길에도 호미는 따

라서 귀가를 하였다. 어머니의 일생은 자신 스스로 호미가 되어가는
일생이었다고 해도 과언이 아니다.

관절을 앓아 병원에 입원을 했다 돌아온 닷새 만에
어머니 기어이 들일을 나가셨다 돌아와
꿩 꿩 장끼같이 앓는다.
나는 그만 역정이 나서
식견(識見)이 무슨 초등학생보다 못하다고 퉁을 주니
칠순 노모도 허허 웃으시며 내가 생각해도 그렇다
그러시며 다음날 또 호미를 들고 집을 나선다.
손바닥만 한 텃밭 소출이 나면 얼마나 나겠냐고
쇠비름 개망초 다 화초같이 보라고
그렇게 일러도 아침 한 술 뜨고 나면
또 절뚝거리며 집을 나선다.
무슨 호미귀신이 씐 게지?
이제 그만하면 되었다고
팔 다리도 쭉 뻗고 좀 쉬라고
일상 당조짐을 해도 들은 둥 마는 둥
다음날이면 언제 그랬냐고 들로 향하는 어머니
이렇게 꼼짝 않고 있으면 이젠 다 된 거라고
허리를 꼬부려 일어서지 않는 호미 한 자루
결코 헛간 바람벽에 걸려서 낡아가진 않겠다고
기를 쓰는 늙은 호미 한 자루.

물칸나를 생각함
78

오늘은 더 굽어 보이는 호미 한 자루.

—「호미 한 자루」

　어머니의 한 생애는 호미와 더불어 살았고 호미와 더불어 늙어갔으며 호미와 같이 생의 끝을 향해 가고 있다. 나는 바람벽에 걸려 있는 호미를 볼 때마다 어머니를 보는 것 같아 마음이 쓰인다. 저기 저렇게 늙어가고 있구나. 한 때는 매일 매일 흙에 문질러 반짝반짝 윤이 나던 호미가 이제는 쓸쓸히 녹이 슬어가고 있다. 어머니처럼 뒷방으로 뒷방으로 밀려나고 있다.

　다른 모든 농기구들보다 먼저요, 다른 모든 농기구들 보다 오래 살아남은 호미와 낫이 이제는 서서히 잊히고 있다. 콩밭 매는 사람도 이젠 없고 낫을 들고 소꼴을 베는 사람도 이젠 없다. 나는 간혹 고향에 들러 풀이 우거진 논둑을 보면 문득문득 낫을 들고 소꼴을 베고 싶은 느낌을 받는다. 내가 베어온 소꼴을 우걱우걱 씹는 소를 보고 싶다. 그 소의 큰 눈망울이 보고 싶다. 그러나 이런 생각은 잠시 그때뿐, 나는 다시 바쁜 일상에 허우적거릴 뿐이다.

　이젠 낫과 호미를 잡을 기회가 점점 줄고 있다. 호미도 낫도 바람벽에 걸려 하나의 소품처럼 고향집을 지키고 있을 뿐이다. 언제 우리집 식구들이 이렇게 많았냐고 증언을 하듯 다른 농기구들과 나란히 바람을 쐬고 있다. 시골집이 그 많은 식구들을 다 내보내고 스산해진 것처럼 호미와 낫도 그 자리가 스산해졌다. 바람벽에 걸려서 언제 다시 사용될 날이 올까 막연한 기다림같이 스산해졌다.

낫은 시월 묘사를 앞두고 벌초 때나 잠시 잡아보는 물건이고, 호미는 어머니의 소일 끝에 얻은 가을의 고구마 수확 때나 잠시 잡아보는 정도이다. 이젠 다 잊히고 추억으로만 겨우 남아 있다. 옛날엔 내 호미, 내 낫이 표시가 있었는데 이젠 그저 내 손에 잡힌 낫이 내 낫이고 내 호미다. 낫과 호미에게 다시는 그런 호사스러운 날들이 돌아오진 않으리라. 호미와 낫을 잡는 이런 일도 오래 가지는 못하리라. 나의 추억 한 부분처럼 희미하게 지워질 것이리라.

이다음 사모곡(思母曲)을 쓰는 사람이 있다면 호미와 낫을 두고 비유하진 않으리라. 어버이를 두고 호미와 낫으로 비유하진 않으리라. 그래도 모든 농기구 중 가장 오래 남은 호미와 낫. 영광 있으라. 고향같이 영광 있으라. 끝끝내 살아남아 영광 있으라.

뫼비우스의 띠

조세희의 소설집 『난장이가 쏘아올린 작은 공』에 보면 「뫼비우스의 띠」라는 액자소설이 있다. 그 서두의 내용은 이렇다.

어느 날 수학 선생님이 수업 시간에 들어오셔서 학생들에게 이야기를 들려주시고 이렇게 질문을 한다.

"자, 두 아이가 굴뚝 청소를 하였다. 한 아이는 굴뚝 밖에서 청소를 하였고, 한 아이는 굴뚝 안에서 청소를 하였다. 한 아이는 깨끗한 얼굴로 한 아이는 더러운 얼굴로 청소를 마쳤다. 이때 청소를 마친 두 아이 가운데 누가, 어느 아이가 세면을 하겠는가?"

학생들은 굴뚝 안에서 청소를 한 아이가 세수를 할 것이라 대답하였다. 그러나 선생님께서는 이렇게 말씀하셨다.

"아니다. 이때 청소를 마친 두 아이는 서로의 얼굴을 보고 자신의 상황을 인식하게 되므로 굴뚝 밖에서 일한 아이가 오히려 세수를 할 것이다."라고 말씀하셨다.

다시 선생님께서 질문하셨다

"똑같은 상황에서 두 아이가 굴뚝 청소를 하였다. 일을 마쳤을 때 누가 어느 아이가 세수를 하겠는가?"

학생들은 입을 모아 굴뚝 밖에서 청소를 한 아이가 세수를 할 것이라고 대답을 하였다. 그러나 선생님께서는 이렇게 말씀하셨다.

"아니다. 굴뚝 밖에서 일한 아이가 굴뚝 안에서 일한 아이의 얼굴을 쳐다보고는 세수를 한다면 더 나쁜 상황에서 굴뚝 안에서 청소를 한다는 것은 더 많이 더럽혀질 수 있다고 생각한다. 청소를 한 아이는 그것을 이상하게 생각할 것이다. 또한 그것이 자신의 얼굴이 더러워졌음을 의미한다는 것을 알아차릴 것이다. 그러므로 두 아이는 함께 세수를 할 것이다." 하고 말씀하셨다.

이상의 이야기는 탈무드에서도 나오는 이야기로 인간의 관계를 대자적 관계에서 바라본 것이라 보여진다. 지금까지 인간 행동양식의 변화가 내면적 자아성찰로 이루어지는가 아니면 외면적 충격 관계로 이루어지는가 하는 것은 인간의 역사변천을 설명하는 데 있어 중요한 해석 거리였다.

즉 역사의 발전이 진보주의자의 개혁으로 인한 것인가 아니면 보수반동으로 인한 개혁인가 하는 문젯거리도 이와 일맥상통한다고 하겠다.

그러나 역사발전이 이 두 가지 진보적 개혁 혹은 보수반동에 의한 개혁 중 어느 하나에만 의존한다고 보여지는 않는다. 다만 어느 쪽이든 많은 역할을 담당해 왔었는가. 하는 것만이 문제일 뿐이다.

즉 진보적 개혁 혹은 보수반동에 의한 개혁, 이 두 가지가 뫼비우스의 띠처럼 서로의 공간은 분명히 하고 있으나 안과밖이 분리되지 않은 상태로 공존하고 있다는 생각이다.

이와 같이 역사발전에 진보적 개혁과 보수반동에 의한 개혁이 공존하듯이 인간 행동양식의 변화에도 대자적 관계와 즉자적 관계가 공존하고 있다고 생각된다.

이러한 대자적 관계와 즉자적 관계가 가장 직접적으로 영향을 미치는 것이 바로 교육이며, 학교 교육에서는 특히 대자적 관계가 중요시된다.

교육의 주체인 학생과 교육의 객체인 교사와의 관계성립이 바로 그것이다. 즉 교육의 객체인 교사는 교육의 주체인 학생에 대하여 하나의 모델이 된다. 그러나 이러한 관계의 성립은 교육의 주체인 학생 교육의 객체인 교사의 행동양식을 받아들이고자 노력할 때만 가능하다.

그런데 오늘날 교육현장에서는 이러한 대자적 관계가 심히 위축되고 있다. 이것은 비단 교사와 학생과의 관계에서만 일어나는 현상이 아니라 학생과 학생 간의, 교사와 교사 간의 관계에서도 심화하고 있다. 이러한 대자적 관계의 위축은 지나치게 자기중심적인 사고로 치닫게 할 수 있다.

즉, 교육이 사회가 필요로 하는 구성원의 재생산이라는 점에서 볼 때, 교육의 효과는 자아의식의 세계를 넓혀감으로써 사회구성원들 간의 인간적인 동질성, 규범적인 동질성을 확보하는 데 있을 것이다. 그런데, 이러한 대자적 관계의 위축은 사회 구성원들 간의 이해의 폭을 좁게 하여 스스로 소외된 인간집단형성을 가중하게 하는 것이 된다.

그러므로 오늘날엔 특히 신중하게 타인에 대한 나, 나에 대한 사회 즉 대자적 관계를 생각해 보아야 하지 않겠는가? 다시 뫼비우스의 띠를 생각해보자. 굴뚝 안과 밖에서 두 아이가 굴뚝 청소를 하였다. 어떤 아이가 세수를 하겠는가?

우리는 함께 마주 세수하여야 하지 않을까.

책 이야기

지난 일요일 마산의 한 중고서점에서 내 첫 시집 한 권을 샀다. 내 시집을 내가 샀다. 인터넷 검색을 하다 우연히 중고서점에 내 시집이 나와 있어 반가운 마음에 전화를 하고 찾아갔다. 정가가 삼천 원인 시집을 오천 원을 주고 사면서 나는 기뻤다. 내 책장에 달랑 한 권만 남은 첫 시집을 보며, 이제는 절판이 되어 어디 구할 때도 없는 시집을 행여 누군가 필요하다 할까 봐 조마조마한 가슴이었는데 이렇게 구할 수 있어서 정말 기분이 좋았다.

우리가 공부하던 시절에는 책이라는 게 귀한 것이어서 읽은 책을 보고 또 보고 책 한 권을 사기 위하여 점심을 건너뛸 때도 있었다. 그런데 요즘은 책이 흔한 시대가 되다 보니 제대로 대접을 못 받는 것 같아 안타깝다. 책이 흔하다지만 책 읽는 인구는 점점 줄고 있고,

책을 읽는 인구가 줄어서인지 그 책을 판매하는 서점들도 점점 줄고 있다. 이것은 전국적인 추세라 한다. 내가 사는 마산에도 많은 서점들이 문을 닫았다. 서점들이 이렇게 문을 닫다 보니 문예지를 한 권 사려 해도 그 번거로움이 이만저만이 아니다.

책을 읽지 않는 사회는 바람직한 사회가 아니다. 책을 읽는다는 것은 단순히 정보와 지식의 습득에만 있는 것이 아니라, 자신을 성찰하는 시간이기도 하다. 그래서 책을 읽는다는 것은 정보의 습득을 뛰어넘는 기쁨의 시간이다. 특히 신간을 사서 첫 페이지를 넘겼을 때 쏴-하게 달려드는 잉크의 냄새는 행복하기까지 하다. 그런데 이런 즐거움을 아는 사람의 수가 점점 줄어든다 하니 안타까운 일이다.

요즘은 많은 미디어들이 발달하여 책을 떠나서도 정보를 쉽게 얻는 길이 열리고, 책보다 더 재미있는 여가거리가 늘어서인지 몰라도 도서 판매량의 수도 갈수록 준단다. 90년대 시집을 낼 때는 초판이 최소한 이천 권이 기준이었다. 그러나 지금은 초판이 천 권이 기준이다. 20년 사이에 절반으로 줄었다. 이러한 현상은 선진국에서도 이미 오래전에 시작되었단다. 그러니 이는 우리나라만의 일은 아니다. 우리는 이런 현상을 어떻게 받아들이고 어떻게 극복해야 할까?

엊그제 만난 후배가 자신의 첫 시집 재판이 나왔다고 자랑을 하였다. 참 기쁜 일이다. 나는 심심한 축하를 해주었다. 시집이 재판을 찍는 경우는 갈수록 줄고 있다. 아니 재판을 찍는 경우는 오히려 특수한 경우라고 해야 한다. 정말 좋은 책이라고 생각되는 경우도 발간되고 한 두 달이면 책의 홍수 속에 스르르 묻혀버리고 마는 경우가 허다하기 때문이다. 참으로 안타까운 책들이다.

한 권의 책 속에는 저자의 삶과 지혜와 정서가 녹아 있다. 어쩌면 한 권의 책이 그 한 사람의 인생 전부일 수도 있다. 모두가 그러하지는 않겠지만 대다수의 책이 그렇다는 이야기다. 그러한 책이 인쇄가 되자마자 사람들의 관심에서 사라져버리는 현실은 아무리 자본주의 논리와 시장의 논리를 앞세운다 해도 쓸쓸한 일이다. 이 쓸쓸한 현실을 극복할 방법은 정녕 없는 것일까?

여름 휴가를 떠날 때 한 권의 책이라도 준비하고 떠나면 어떨까? 먹고 마시고 쉬다가 돌아오는 것도 괜찮겠으나, 한 권의 책을 읽고 자신을 돌아보는 성찰의 시간을 가져보는 것은 더욱 좋을 것이다.

우리들이 학교에 다니던 시절에는 친구의 생일을 맞이하거나 기쁜 일이 있을 때 책을 선물하는 것이 상례였다. 나도 몇 권의 책을 선물로 받은 기억이 있고, 몇 권의 책을 선물한 기억이 있다. 다시 그 시절로 돌아갈 수는 없겠지만 자신이 읽고 싶은 책 한 권을 선물해보면 어떨까? 나를 위해서 친구를 위해서 그 저자의 생각을 읽기 위해서.

본질(本質)에 대한 회상

도도새는 인도양 모리티우스섬에서 살다가 멸종한 비둘기과의 새이다. 1507년 포르투갈 사람이 처음 발견했는데 18세기 초에 멸종한 것으로 학계에 알려지고 있다. 멸종 당시 몸무게 25kg, 몸길이 75cm의 오동통한 새이다. 적도 부근의 따뜻한 기후와 풍요로운 환경 속에서 몸집을 키우고 살찌우며 날기를 포기한 새. 날기를 포기함으로써 날개가 퇴화해 길짐승이 됐던 새. 18세기 초에 멸종한 새. 조류도감에서만 존재하는 새.

날개와 난다는 것, 생각하면 새에게 있어서 난다는 것은 본질이며 자기 정체성이다. 새에게서 난다는 것은 최고의 생존수단이며 최소한의 자기방어수단이기도 하다. 도도새는 그 최소한의 자기방어수단을 포기함으로써 조용히 멸종했다. 아니 풍요로움과 편리함에 젖어 날짐승으로서의 본질을 잃어버림으로써 멸종했다.

새에게서나 사람에게서나 본질을 지킨다는 것은 매우 중요한 일이다. 본질을 잃어버린다는 것은 결코 자신을 지킬 수 없다는 애기다. 그런데 요즘 우리 사회가 저 도도새의 비극을 따르는 것 같은 느낌을 지울 수 없다. 배부름과 편안함만이 최선은 아닐 텐데 그것을 지향(指向)하는 사람이 많아 보인다.

우선 먹기는 곶감이 달다고 달콤한 냄새를 풍기는 사회적 이슈(issue)들이 자주 등장하고, 이것들이 정치권을 한 바퀴 돌고 나면 사회적 지향점으로 정책이 개진되는 일들이 비일비재하다. 나라의 장래를 생각하는 일보다 우선 인기 있는 발언과 제재들에 정치권부터 학자들까지 설탕물에 파리 달려들 듯 떼거지로 몰려든다.

최근 중국의 동북공정으로 고구려사를 빼앗기네 어쩌네 자못 심각하다. 그 나라의 역사는 그 나라의 정신이다. 그래서 나는 우리의 역사를 우리가 팽개치지 않으면 그 누구도 앗아갈 수 없다고 생각한다. 그들이 제아무리 왜곡하고자 해도 우리가 지키고 있다면 그것은 결코 그들의 뜻대로 될 수 있는 것이 아니다. 문제는 우리가 우리 것을 제대로 지켰는가 하는 것이다.

자기 나라의 역사를 가르치는 일을 국수주의라 생각하고 중고등학교 교과과정에서 빼는 나라. 역사를 고급 공무원 임용시험에서 제외시키는 나라. 대학입학시험에서조차 자국의 역사를 소외시키는 나라. 이런 나라에서의 역사란 과연 무엇이겠는가? 세계사만 가르치면 다 세계화가 되는지. 왜 이제 와서 호들갑인가?

우리는 참 우리의 정체성을 지키는 일에 소홀했다. 벚꽃놀이는 있어도 무궁화놀이는 없는 나라. 설날은 양력으로 음력으로 왔다 갔다 해도 석탄절과 성탄절만은 신성한 믿음처럼 지켜지는 나라. 선거에 영향력이 제일 약하다고 한글날이 가장 먼저 공휴일에서 제외되는 나라. 과연 우리는 누구인가?

21세기에는 인터넷이란 괴물의 영향력으로 문자가 없는 세계의 많은 민족어들이 사라질 것이라고 학자들은 말한다. 그것은 세계에서 가장 아름다운 소리글자인 우리 한글에도 영향을 줄 것이다. 그 나라의 말과 글이 그 나라의 정신임은 누구나 알고 있다.

그런데도 초등학교에서부터 영어를 가르치고 거리에 나서면 온통 보이는 건 외국어 간판인데, 과자든 옷이든 이름 붙은 것은 모두 외국어 상표인데, 이젠 한술 더 떠 영어를 공용어로 하자는 이야기조차 슬금슬금 나온다. 통일을 꿈꾸면서 남북 간의 언어 차이를 극복할 어떤 대안조차 마련하지 못하면서 도대체 무엇을 하자는 것인가?

다시 도도새 이야기로 돌아가자. 도도새는 자신이 처한 환경이 열악해 멸종했는가? 먹을 것이 부족해 멸종했는가? 우리와 저 도도새는 무엇이 다른가? 정치 지도자부터 초등학생까지 우리 모두 우리는 누구인지 이제는 생각해 보아야 하지 않겠는가? 우리는 편리를 위해

청바지를 입고 햄버거를 먹는다. 필요에 의해 외국어도 배운다. 그러나 이 모든 것이 우리의 본질과 우리의 정체성을 우선할 수는 없다. 우리의 눈은 어디로 향해 있어야 할 것인가? 세계화란 우리의 것을 세계적인 표준으로 만드는 것이기도 하지 않는가? 저 태권도(跆拳道)처럼, 김치처럼.

백 년을 가는 길, 천 년을 가는 길

대저 먼 길을 가는 사람에게는 먼 길을 가는 생각과 안목이 필요하다. 백 리 길을 가는 사람은 백 리 길을 떠날 채비를 해야 하고 천리 길을 떠나는 사람은 천 리 길을 떠날 채비를 해야 한다. 인무원려(人無遠慮)면 필유근우(必有近憂)라 했다. 사람이 먼 생각이 없으면 반드시 가까운 근심이 있게 된다는 뜻이다.

한국인을 말할 때 자주 등장하는 말 중 하나가 냄비 근성이다. 순간적으로 넘칠 듯 끓어올랐다가도 언제 그랬냐는 듯이 쉽게 열기가 가라앉는 습성을 표현한 말인데, 우리나라의 냄비 근성은 큰 일에서나 작은 일에서나 상견되는 일이다.

이러한 현상에 대해 우려하고 근심해야 할 텐데 서로 적당히 걱정하는 척하며 즐기는 듯하다.

나라의 큰 틀을 짜는 정치권들도 마찬가지다. 어떻든 표가 몰릴 만하면 자신의 생각은 한 발 물러서고 어느 쪽으로 줄을 서는 게 유리할까 그 생각만 하는 듯하다.

원래 정치란 들끓는 소수가 여론을 형성하고 그것이 전부인 양 나서게 마련이지만, 말 없는 다수는 정치적으로 없는 것으로 치부하고 만다. 그래서 그런지 지금 우리 곁엔 생업적으로 나서는 사람들의 목소리만 너무 크게 들린다.

그러다 보니 말 없는 다수의 목소리는 하나도 들리지 않는 지금, 우리가 지켜온 것들의 수많은 장점들은 다 잊어버리고, 세월이 흐르며 생겨난 조그만 문제점만을 부각해 이놈들을 통째로 생매장하고자 하는 일들이 자주 일어나고 있다.

나는 좋은 정치(政治)란 무위이화(無爲以化)하는 것으로 생각한다. 인위적인 강제성을 띠지 않으며 저절로 그렇게 되어가도록 이끄는 것이야말로 가장 좋은 정치가 아닌가 한다. 그런데 요즘 우리나라의 정치를 보면 무엇이든지 밀어붙이고, 무엇이든지 극단으로 달려 치고받고, 너와 내가 어떻게 다르며 얼마나 다른지를 다투는 각축장 같다. 오로지 힘의 세계다. 머리를 맞대고 백 년을 가는 길을 모색하고 천 년을 가는 길을 모색하는 자리가 아닌 것 같다. 또한 요즘 우리나라는 개혁피로증후군(改革疲勞症候群)에 시달리고 있다. 새로 등장하는 사람마다 자기 나름대로 새로운 개혁방안을 하나씩 들고나와 '이렇게 해야 개혁되나니, 자 우리 모두 개혁합시다' 하고 개혁을 부르짖는다.

개혁이란 무릇 자기로부터 출발한다. 자기 개혁 없이는 아무 것도 개혁되는 것이 없다. 그런데 지금 우리는 개혁을 말하면서도 자신은 늘 빼고 말하는 것 같다. 천지의 개벽(開闢)도 자신으로부터 출발하는 것인데 말이다.

몇 년 전 학교 공문서(公文書)를 줄이자는 운동이 있었다. 필요 없는 공문을 줄여서 교사들이 시간낭비 정력낭비를 하지 않음으로써 교육의 질을 높이자는 취지였다.

그런데 공문서가 줄기는커녕 점점 더 늘기만 했다. 공문서 줄이는 계획에 적극 동참하자는 공문이 오고, 공문서가 얼마나 줄었는지 보고하라는 공문이 오고, 새로운 공문서를 줄일 방법을 연구하여 보고하라는 공문이 오고, 공문이 줄어든 결과의 효과에 대해 보고하라는 공문이 오는 식이다. 이렇게 한바탕 난리를 치더니 어느새 핫바지 방귀 새듯 스르르 사라져 버렸다. 모든 게 이런 식이다.

우리에게 아주 빨리 끓고 빨리 식는 냄비근성이 있다 치자. 그러면 나라를 경영하는 정치권에서는 그 완급을 조절할 안목을 가져야 할 것이다. 이에 휩쓸려 먼저 끓고 먼저 식어서야 하겠는가?

백 년을 내다보는 안목이 필요하고, 천 년을 내다보는 안목이 필요하지 않겠는가? 백 리를 가는 사람은 백 리를 갈 준비를 하여야 하고, 천 리를 갈 사람은 천 리를 갈 준비를 해야 한다. 우리는 얼마나 먼 길을 갈 사람들인가?

꽃의 속도…… 자연의 걸음

한 사흘 꽃샘추위를 지나고 나니 정말 봄이다. 내가 있는 교정의 꽃나무들도 물이 올라 탱탱하다. 곧 산은 연록의 새순들을 밀어 올리고 새잎들이 어린아이의 미소같이 벙글거릴 것이다. 진해의 벚꽃들은 화안한 꽃대궐의 잔치를 펼칠 것이고 사람들은 무언가 희망에 꽃처럼 부풀고 설렐 것이다. 나는 이 잔치마당 같은 봄이 좋다. 새해, 새봄, 새로운 계획, 새로운 아이들, 새 희망, 새롭다는 말과 생각이 꽃처럼 활짝 웃는다.

입춘(立春)이 봄의 들머리라면 춘분(春分)은 봄의 한가운데이다. 그러면 우수, 경칩을 지나고 춘분을 눈앞에 두고 있는 지금 우리는 봄의 한 가장자리에 들어있는 셈이다. 어찌 설레지 않고 부풀지 않겠는가. 버들개지같이 물이 오르고 개나리같이 웃음이 돈다. 온

물칸나를 생각함

산이 꽃이고 온 세상이 꽃이다. 말 그대로 내 눈앞에도 꽃이고 내 가슴에도 꽃이다. 어찌 마음의 여린 살이 돋지 않고 가슴의 여린 순이 돋지 않겠는가.

꽃은 색상과 모양이 가지각색이고 다양하지만 이는 모두 종자식물의 번식기관을 이르는 말이다. 식물의 생식기관인 셈이지만 우리에게는 그 이상의 의미가 있다. 희망과 환희의 열정 같은 것이다. 이 다양한 꽃 중에서도 만개한 봄을 알리는 것으로는 단연 벚꽃이 으뜸이다. 장미목 장미과의 이 벚꽃은 그 만개한 모습도 아름답지만 지는 모습도 일품이어서 이 시기가 되면 꽃나들이를 가는 행락객이 수십만 명에 이른다.

이렇듯 아름다운 모습을 이형기 시인은 '……결별이 이룩하는 축복에 싸여/지금은 가야 할 때//무성한 녹음과 그리고/머지않아 열매 맺는/가을을 향하여/나의 청춘은 꽃답게 죽는다./……'라고 노래했고, 조지훈 시인은 '꽃이 지기로서니/바람을 탓하랴//……/촛불을 꺼야 하리/꽃이 지는데//꽃 지는 그림자/뜰에 어리어//하이얀 미닫이가/우련 붉어라'라고 노래했다. 겨울의 긴 잠에서 깨어났다고, 사람들도 이제 두꺼운 외투를 벗고 새봄을 맞이하라고, 그 벚꽃이 지금 벙글고 있다.

작년 이맘때 기록을 보면 서귀포는 3월 21일에 벚꽃이 개화했고 진해는 3월 27일, 서울은 4월 5일에 개화했단다. 천릿길을 대략 시속 1.6km로 북진한 셈이다. 느린 듯하지만 느리지 않고 **빠른** 듯하지만 그렇게 **빠르지도** 않다. 천지의 운행에 맞추어 한걸음, 한걸음 나아간 것이 천릿길이다. 천리(天理)는 때가 있어 이렇듯 때가 되면 우리 곁으로 다가와 우주(宇宙)의 운행을 알려준다. 얼마나 신뢰할 수 있고 얼마나 정확하며 얼마나 아름다운가.

그래서 세상의 모든 아름다운 것들을 꽃에다 비유하고 가장 아름다운 때를 꽃에다 견준다. 벚꽃의 개화 시기가 올해는 작년보다 조금 늦어 서귀포는 3월 26일쯤으로 예상하고 있다. 또 한 차례의 꽃 소식이 느린 듯 조금 빠른 듯 북상해 우리 한반도를 화안하게 밝힐 것이다. 나는 우리나라의 모든 걸음들이 이 꽃 소식이 되고 이 꽃 소식같이 걸음마다 마음이 열리고 가슴이 열렸으면 한다. 어제까지 등을 돌렸던 사람들이 서로 꽃을 보듯 하고 꽃을 만난 것처럼 다정한 눈빛이 됐으면 한다.

사람살이의 길이 어찌 천리(天理)와 꼭 같을 수 있겠는가마는 그래도 우리 사람살이들도 이와 같이 됐으면 한다. 내 믿었던 믿음이 꽃 소식같이 오고, 내 열심히 씨 뿌린 만큼 새순이 돋고, 내 물 주고 가꾼 만큼 열매를 맺었으면 좋겠다.

그런데 사람들은 이 봄날에 새봄의 기쁜 꽃소식도 아닌 잡다한 인위(人爲)의 선과 금들을 서로 그어놓고 이것을 어제는 이렇게 읽었다가 오늘은 저렇게 해석하고, 내일은 다시 새롭게 다른 이름을 갖다

붙인다. 실상 하는 일마다 제 기분에 못 이겨 너무 빠르거나 너무 미룬다. 안타깝지만 그래서 사람인지도 모르겠다. 자연이 스스로 때를 알아, 봄이 오고 꽃이 피고 하듯이 우리 사람살이도 자연의 법도와 질서처럼 정연하고 규칙적이었으면 하고 생각해본다.

꽃 진 자리

문득 진다는 말이 아름답다. 가령 꽃이 진다거나 노을이 진다거나 좌우간 진다는 말이 문득 아름답게 느껴진다. 슬프게 아름답다. 져야 될 때 진다는 것, 참 아름다운 것이다. 나이 탓인가? 졌다는 말이 아름답다. 꽃이 졌다거나 나는 너에게 졌다는 말도 아름답다. 꽃이 지고 나면 열매를 맺는다거나 지는 것이 이기는 것이라거나 하는 따위의 말들을 첨가하지 않아도 진다는 말이 참 아름답다.

진다는 것이 아름답지 않다면 꽃 진 자리가 그렇게 향기롭고, 저녁노을이 그렇게 고울 수는 없을 것이다. 진다는 것이 아름다운 일이니 우리 코에도 그렇게 향기롭고, 우리 눈에도 그렇게 고울 것이다.

마음의 욕망과 성취의 열망이 지고 나면 어떻게 살겠느냐 걱정을 하던 때가 어제 같은데 이를 다 내려놓고 나니 드디어 내 삶에도 향기가 비춰기 시작했다. 꽃 진 자리처럼 향기롭진 못해도 목향(木香)을 만진 손처럼 은은하고, 노을빛처럼 여러 눈을 집중시키진 못해도 간혹 여유 있어 보인다는 주변의 선한 말씀을 듣는다.

진다는 것은 내려놓는다는 말과 같다. 짐 진 사람의 얼굴은 한껏 긴장되게 마련이다. 짐의 무게와 자신이 책임지려는 마음의 무게가 그들의 얼굴을 팽팽하게 긴장시킨다. 어릴 적 땔나무를 하러 다닐 때 나무 한 짐이 얼마나 나를 긴장시켰는지 모른다. 나무를 한 짐 했다는 자부심과 이 나뭇짐을 집안까지 무사히 옮겨야 한다는 책임감이 나를 긴장시켰다. 그러다 나뭇짐을 집안에 부려놓고 나면 나는 그렇게 가뿐할 수가 없었다. 날아갈 것 같다는 말은 이럴 때 쓰는 말일 것이다.

안동의 안상학 시인은 짐 진 사람의 모습을 형상한 한자(漢字)가 어질 인(仁)자란다. 어질 인(仁)자는 등 뒤에 짐을 잔뜩 진 사람을 형상한 것이란다. 남의 짐을 대신 지는 사람은 성인(聖人)이다. 성서에서도 "짐 진 자 나에게 오라" 하느님이 말씀하실 정도로 남의 짐을 혹은 나의 짐을 진다는 것은 고통스러운 것이다. 이 짐을 내려놓는 곳이 하느님 앞이요, 천국(天國)이다. 짐을 내려놓는 곳이 바로 천국에 드는 일이다.

짐 진 사람을 말하자고 하면 전등사 대웅전 들보를 받치고 있는 나부상(裸婦像)을 들 수 있겠다. 대웅전을 짓던 도편수가 아랫마을 주모와 사랑에 빠져 공사가 끝나면 그 여인과 살림을 차릴 요량으로 공사 노임을 모두 주모에게 맡겼으나, 돈에 눈이 먼 주모는 불사가 끝날 무렵 돈을 챙겨 야반도주를 하자 상심한 도편수가 주모와 닮은 나부상을 조각하여 끼워 놓은 것이라는 전설이 전해진다. 매일 대웅전 바깥에서 염불 소리를 들으며 자신의 죄를 참회하라는 도편수의 배려다. 대웅전의 들보를 받치고 있어야 하는 억겁의 고통은 증오와 원한보다 무겁다. 언제 내려놓으려나 저 한(恨). 나는 해남의 녹우당(綠雨堂)을 관람하고 지나며 이런 시(詩)를 썼다.

나는 한 사람의 생애보다 그의 글 한 줄에 졌다.

녹우당(綠雨堂)을 휘둘러 나오며 그 꽉 짜인 고택(古宅)의 지붕보다 그 앞의 은행나무에 졌다. 그 은행나무의 나이보다 떨어진 은행들에. 그 은행알 앞의 팻말에 졌다. 삼개옥문적선지가(三開獄門積善之家)라니? 우두두두 떨어지는 빗방울 소리. 갑자기 녹우당(綠雨堂) 기왓장들이 열병하는 군사같이 늠름하다.

마음이여
휙 하고 지나간 마음이여
먹물도 묻히지 않고 지나간 화선지에
더 큰 자취를 만드는 마음이여

나는 한 사람의 생애보다 그의 글 한 줄에 졌다. 고택(古宅)을 나와 스무 남은 걸음 뒤에 닿은 담담한 연화지(蓮花池)보담 빙긋이 꽃을 피운 연꽃보담 그 연잎에 맺힌 물방울에 그 물방울에 맺힌 구름 한 점에 나는 졌다.

―「여적(餘滴)」

고산 윤선도를 생각하면 어부사시사(漁父四時詞)가 생각난다. 여기서 어부(漁父)는 세상의 모든 짐을 내려놓은 사람이다. "연잎에 밥 싸들고 반찬을랑 장만마라." 이는 아무나 흉내 낼 수 없는 내려놓음이다. 나는 한 위대한 시인의 삶에 경의를 표하며 이 시를 썼다. '졌다'라는 표현도 마음의 꽃 진자리다. 마음이 진다는 것은 꽃이 지는 것과 같다. 진다는 말은 아름답다. 꽃 진자리 같이 향기롭다. 노을같이 붉다.

명태 씨의 요즘

　인생도 참 길다 생각하다 가끔은 사람은 참 빨리도 늙는다 생각한다. 엊그제 청춘이 벌써 환갑을 바라보니 지나온 길이 망망하고 앞날이 첩첩하다. 시를 써 온 지도 벌써 삼십 년이 되었다. 삼십 년 동안 붙들고 이리저리 뒤척여보았으나 소득은 알곡보다 쭉정이가 많다. 그러다 보니 생각도 흔들리고 뭐가 뭔지 오락가락한다.

　옛 선인의 말을 빌리자면 생각이 어리석으니 하는 일이 다 어리석다. 어리석어 그러한지 요즘은 가끔 멍해지는 일이 잦다. 이게 뭐 치매의 전조 증상이 아닌지 모르겠다. 그러나 치매의 전조 증상을 말하자면 이는 참 오래된 병이다. 이미 이십 대 초에 알코올성 심한 건망증으로 깜박깜박하는 일이 잦았다.

　한 번은 이런 일이 있었다. 따스한 봄날 일요일, 옥상에 올라가 김

준오 선생님의 시론을 읽고 있었다. 봄볕이 하도 좋아 아내는 빨래를 널고 나는 책을 읽고 있었는데 갑자기 다른 일이 생각나 그 일을 하려 내려와서는 내가 책을 읽고 있었다는 일을 깜박 잊었다. 한 달인가 지난 뒤 무슨 다른 일로 옥상에 올라갔다가 빵처럼 부푼 책을 발견하고는 내가 그 일요일 책을 읽고 있었다는 사실을 생각해 냈다. 빵처럼 부푼 책, 내가 문득 한심하게 느껴졌다.

요즘 나는 양장시조를 쓰는 재미를 붙이고 있다. 양장시조는 짧아 종이와 펜이 필요 없다. 머릿속으로 양장시조 한 편을 다 쓸 수도 있다. 이는 글을 쓰는 재미도 재미지만 생각하면 치매 예방에도 아주 좋을 것 같다.

내가 처음 시조에 재미를 알게 된 것은 중학교 때의 일이다. 중학교 시절, 학교에서 고시조 100수 외우기를 했다. 고시조 외우기 대회를 열어 상도 주고 고시조 외우기 장려를 많이 하였다. 나는 이 고시조 외우기를 무척 좋아했다. 그때의 영향인지 나는 시조의 감칠맛을 아주 좋아하는 편이다.

요즘 스마트폰 시대에 양장시조는 전자기기를 통하여 통용되기에 아주 알맞은 양식이다. 그리고 짧은 길이에도 불구하고 반전의 재미와 형식미가 일본의 하이쿠를 능가하는 맛이 있다. 겨우 30자 내외의 짧은 글 속에 형식미와 반전을 갖는 운문이란 얼마나 멋진 장르인가.

일찍이 노산 이은상 선생님이 시도한 양장시조는 지금 그 맥이 미미하지만 이는 우리가 반드시 되살려내어야 할 장르이다. 그리고 양장시조는 젊은이들에게도 시의 즐거운 맛을 일깨워줄 수 있는 장르이다. 긴 시를 읽기 싫어하는 요즘의 젊은이들에게는 아주 입맛 당기는 형식이 될 것이다.

시작 삼십 년, 참 기다면 긴 세월을 시를 써왔다. 그러다 우연히 시조를 쓰게 되었다. 시작 삼십 년 만에 처음 시조를 쓰기 시작했다. 처음엔 율격을 맞추는 재미로 시작한 일이 양장시조로 넘어가 이제는 양장시조의 맛에 빠져 이를 한 번 되살려 보았으면 하는 것이다. 이는 나의 바람이지만 이 일도 알곡을 못 맺고 쭉정이로 남을지 모르겠다. 그러나 나는 가는 데까지 가보리라 생각한다. 덤으로 깜박깜박하는 내 건망증을 이겨내는 길이 되었으면 하고 아주 열심이다. 그러나 이 길도 망망하고 첩첩하다.

그러나 내 멋에, 내 재미에 빠져 지내는 것도 인생의 한 맛이려니, 나는 그렇게 생각한다. 길다면 길고, 짧다면 짧은 환갑 이후의 십여 년, 나는 이렇게 늙어가고 싶다. 알곡을 거둘지 쭉정이만 거둘지 모르는 길이지만 나는 지금 행복하다. 덤으로 얻는 것도 아주 쏠쏠하니 더 행복하다.

오동잎은 벌써 가을 소리를 낸다

나이를 먹을수록 세월은 더 바삐 간다는 말이 맞다. 어허, 12월이다 하자 동지를 지나 벌써 연말이다. 송나라 주희(1130~1200)의 글이 생각난다. "연못가 봄풀의 꿈이 채 깨기도 전에, 계단 앞 오동잎은 벌써 가을 소리를 내는구나.(未覺池塘春草夢, 階前梧葉已秋聲)"하는 시다. 이제 무얼 좀 아는 나이가 되었다 싶어 무얼 좀 해보려니 머리칼은 벌써 새하얗다. 봄꿈이 채 깨기도 전에 가을이 왔다.

가슴에 와 닿는 선인(先人)들의 말씀이 어디 한둘 이겠는가마는 나이를 먹으니 더 마음을 절절히 흔든다. 아이를 키우느라 정신없이 보낸 시절이 내 청춘이었고, 방 한 칸 마련하느라 허리띠를 졸라매든 때가 봄날이었다.

몸이 늙으면 마음도 따라 늙어야 하는데 몸은 이미 가을이 왔는데 마음은 아직 봄꿈 언저리를 맴돌고 있다. 아직은 한참이야 조금만 더 조금만 더 하다 여기까지 와버렸다. 산의 중턱이 정상을 물고 있고, 정상을 넘어서면 곧 하산(下山)이라는 걸 알면서도 여기까지 와버렸다.

어제는 무슨 일로 자술연보를 작성하게 되었다. 나 같은 사람이 뭐 쓸 게 있나 싶어, 한 세 줄이면 되겠지 하고 적다 보니 열 줄을 넘어 한 페이지가 되었다. 연보를 적다 보니 기쁘기 한량없는 일도 많았고 슬프기 짝이 없는 일도 많았다. 태어나서 살다 죽었다. 세 음절이면 될 것 같은 삶이라 생각했는데 무슨 적을 것이 이리도 많을까?

나는 절대 50대를 살지 않으리라 생각했는데 벌써 육십이 다 되었다. 육십은 환갑(還甲), 한 갑자를 넘기고 다시 시작하는 일이다. 나에게는 결코 오지 않을 것 같은 세월이 이렇게 코앞에 닥쳤다. 마음은 아직 여긴데 몸은 벌써 저기. 이는 애초에 내 계획에 없던 일이라 앞으로 어떻게 해야 할지 막막하다.

고목도 봄이 오면 다시 꽃이 핀다는데 나의 봄에도 꽃이 필까? 자술연보를 적다 보니 생각나는 게 어쩌면 내 삶의 끝머리가 이미 가까이 와 있는지도 모르겠다는 생각이 들었다. 김지하 시인의 '무화과' 란 시처럼 "한 번도 꽃다운 시절이 없었는데" 나이는 벌써 중년을 넘어 노년을 향하고 있다. 처량한 일이다.

세상에 미리 예측하고 준비하지 않은 일을 맞이하는 것처럼 당혹스러운 것이 또 있을까? 문득 아무 생각 없이 살다 자술연보 한 페이지 때문에 문득 삶의 가을을 느끼고 삶의 끝자락을 생각하게 되니 쓸쓸한 낯빛이 옛날같이 늙었다.

시 삼백 편이면 생각에 사악함이 없다, 라고 공자님께서 말씀하셨는데 나는 삼백여 편의 시를 짓고도 한 도량의 트임은커녕 온갖 허접한 생각들로 머리가 복잡타. 옛 선인들을 다 따를 수는 없다 하더라도 그 언저리에는 가 있어야 하는데 그 그림자도 보지 못하고 있으니 어찌 처량하지 않을 수 있겠는가?

그래 "연못가 봄풀의 꿈이 채 깨기도 전에, 계단 앞 오동잎은 벌써 가을 소리를 내는구나.(未覺池塘春草夢, 階前梧葉已秋聲)" 이것이 인생이구나! 마음을 다져 먹어도 다시 온갖 허접한 생각들로 머리가 복잡타. 무슨 연말에 자술연보를 작성한다고 이 야단일까? 가을 소리라, 아! 가을 소리라. 정말 가을 소리라.

제3부

느릅나무 약수터

오랜만에 내 아이들과 더불어 무학산 중턱의 느릅나무 약수터엘 다녀왔다. 이러저러 핑계로 바쁘다고 내내 잊어버리고 게으름부리다가 방학이 끝날 즈음해서 아들과 딸의 손을 잡고 노래를 부르며 즐겁게 다녀왔다. 무슨 약수터 하나를 다녀온 게 큰 행사나 치른 것 같이 떠벌린다 하겠지만 내게 약수터는 남다른 의미가 있는 곳이다. 오장제거무비초요 호취간래총시화라(惡將除去無非草요 好取看來總是花라)했다. 나쁘게 보아 제거하려 하면 풀 아닌 것이 없고 좋게 보아 취하려 하면 꽃 아닌 게 어디 있으랴. 세상의 모든 일은 이렇게 어떻게 보느냐 하는 것에 달린 것이 아니겠는가? 가장 소중한 것, 내겐 약수터가 그렇다.

나는 한 오 년을 무척 아팠다. 다리를 다치고, 마음을 다치고, 영

육(靈肉)이 다 아팠다. 나는 병원 침대에 누워 내 살아온 과거를 오랫동안 반성하였다. 그리고 어떻게 살아야 할 것인가 대해 깊이 사색하였다. 불치의 선고를 받은 사람처럼 나는 내 자신을 버리고, 내 욕심을 버리고, 오직 하나만 가질 수 있는 마지막 시간을 상상하며 내 자신을 정리해 나갔다. 그때 내게 남은 마지막 소원 하나가 좋은 봄날 내 아이들과 함께 약수터를 오르며 도란도란 이야기를 나누는 것이었다. 이것이 나의 가장 소중한 무엇이었다. 오늘은 내가 가질 수 있는 가장 소중한 것을 이룬 하루였다.

마음자리

"마음이 어린 후니 하는 일이 다 어리다"는 화담 선생의 글이 아니라도 마음이 어리석으니 하는 일이 다 어리석고 어렵다.

자식 된 도리도 하기 어렵고 부모 된 도리도 하기 어렵고 선생 노릇도 하기 어렵다.

무슨 도리고 노릇이고 하기 전에 내 마음 하나 지키기도 어렵다. 그러니 세상에 어렵지 않은 일이 어디 하나 있겠는가?

황희 정승의 얘기다. 하루는 이웃집 농부가 찾아와 여쭈기를 "소가 송아지를 낳았는데 그래도 선친 제사는 지내야겠지요?" 하니 "암 지내야지" 한다. 다음 날 그 이웃집 농부가 와서는 여쭈기를 "개가 밤사이 강아지를 낳았는데 선친 제사를 지내지 말아야겠지요?" 하니 "암 그래야지" 했겠다.

옆에서 들은 아들이 왜 같은 상황을 두고 이래도 옳다 하고 저래도 옳다 하시는지 정승께 여쭈니 말씀하시기를 "제사를 지내야겠지요?" 묻는 사람은 내가 아니다 해도 지낼 사람이고 "지내지 말아야겠지요?" 묻는 사람은 내가 아니라고 해도 지내지 않을 사람이니 그렇게 대답했다고 일러주신다. 모두 마음자리 이야기다.

세상의 시시비비(是是非非)가 다 마음자리 아니겠는가? 내가 해서 안 될 것과 내가 해야 할 것도 다 마음자리에서 비롯된다. 마음은 여기 있는데 몸은 저기 가 있으면 말이 많아지고 소리가 높아지고 논리가 복잡해진다. 세상일의 대개가 다 그렇다.

요즘 뉴스를 대하다 보면 세상이 무서워 살이 떨린다. 살아온 날이야 그렇다 치고 앞으로 살 일이 꿈과 같다.

뻑 하면 머리를 깎고 삭발에 머리띠에 단식투쟁이고, 결사반대다. 무슨 목숨이 파리 목숨도 아니고 죽자 살자 난리를 떠니 세상이 험악하기가 살얼음을 딛고 선 듯하다.

네가 옳네 내가 옳네 하기 전에 내 마음자리부터 둘러볼 일이다.

시시비비도 바둑을 두듯. 내가 먼저 한 점을 놓았으면 상대방도 한 점을 놓을 기회를 주고 좀 물러설 일이다.

세상이 온통 피를 물고 칼춤을 추니 마음 약한 소시민인 우리로서야 가슴이 떨려 나오던 말도 도로 넘어가고 들었던 잔도 도로 내려놓고 만다.

복사꽃 피었다고 일러라

부재산방 아래 사는 후배에게서 전화가 왔다. 복사꽃이 한창이 란다. 나는 후배도 보고 싶은 김에 가고 싶어 안달이 났다. 그러나 다 마음뿐 하던 일들이 마무리되지 않아 마음만 보낼 뿐이다. 이 좋은 봄날에 꽃소식을 전해주는 후배에게 미안한 마음이 한 아름, 그 좋은 소식을 전해 듣고도 가지 못하는 내 마음에 미안한 마음 한 아름, 좋은 벗과 꽃그늘 아래서 박주(薄酒) 한 잔 나누지 못하는 내 옹 졸한 핑계에게 미안한 마음 한 아름, 나는 사월의 첫 주를 미안한 마 음 세 아름을 안고 보냈다.

사람 사는 일이 무엇인가? 꽃 피면 꽃소식을 전해주고, 좋은 술이 생기면 벗을 청하고, 좋은 책을 만나면 함께 나눠 읽는 것이 한가한 서생들의 일생일진데, 청하는 후배가 있어도 마음이 옹졸하여 일을 핑계대고 가지 못하는 이 좀팽이를 나는 어떻게 나무라야 마음이 풀릴까? 나는 좋은 복사꽃 아래 후배가 청하는 박주(薄酒) 한 잔을 내 일생에서 잃어버렸다.

세상사는 일을 다 얽어매기도 어렵고, 세상사는 일을 다 내 팽겨치기도 어렵다지만 나는 이도 저도 아니고 매일 매일을 어정쩡하게 사노라니 상심이 이만저만이 아니다. 마음은 가는데 몸이 못 따라가고 못 간 몸에게 마음이 미안하여 안절부절못하고, 상심한 마음은 옆구리를 쿡쿡 쥐어박으며 너는 무어냐 너는 무어냐 질책하면 울컥울컥 울화통에 가슴이 시달린다.

늘 사는 일이 이렇다. 무엇에 그리 바쁜지 누군가 일러주어야 꽃 핀 줄 알고, 누군가 일러주어야 철이 온 줄 아니 어찌 철없는 사람이 아니겠는가? 무릇 사람은 철을 알아야 철든 사람이라 하겠는데 이렇듯 철을 모르니 평생 철없는 사람으로 살 도리밖에 없겠다.

아쉬운 마음에 그다음 주말에 아내와 자주 가는 느릅나무 약수터에 오르니 거기도 복사꽃이 환했다. 나도 어딘가 전화를 넣고 싶었지만 미안한 마음이 손을 오므려져 도저히 펴지질 않게 한다.

좋은 봄날이면 누구에겐가 꽃소식을 전하는 사람은 복 있어라. 꽃 구경하자고 청하는 사람은 복 있어라. 느릅나무 약수터에 핀 한 그루 복사꽃을 보면서 축원을 한다. 저 꽃 보고 새로이 마음을 꽃피우는 사람 복 있어라. 저 꽃 보고 그리운 이를 떠올리는 사람 복 있어

라. 저 꽃 보고 전화할 사람 있는 이 복 있어라.

김춘수 시인은 내가 이름을 불러 주었을 때 내게로 와서 꽃이 되었다고 했던가? 나도 저 꽃을 보고 누구에겐가 이름을 불러주고 싶다. 그도 내게로 와서 꽃이 되겠지. 꽃 핀 봄날 내게로 전화를 준 후배는 꽃이겠다. 나도 그에게로 가서 꽃이 되고 싶다. 박주(薄酒) 한 잔을 앞에 놓고 안주야 있어도 그만 없어도 그만, 잔을 기울이며 봄날의 꽃그늘 아래서 나도 꽃이 되고 싶다.

산에서 내려와 찻집에 앉아 차를 마시면서도 내내 꽃 생각에 마음이 울렁울렁하였다. 다음에는 반드시 가리라. 전화가 끝나기도 전에 달려가리라. 가서 꽃그늘 아래 마주 앉으리라. 그러나 이 마음이 또 어떤 핑계를 댈지? 세상의 어떤 얽매임으로 내 꽃다운 한 철을 잃게 될지? 내 알 수는 없으나 다음엔 꼭 가리라 마음을 먹는다. 꼭 가리라. 정말 꼭 가리라. 꽃나무 그늘 아래서 박주(薄酒) 한 잔을 마주하리라. 마음을 먹는다.

저기 복사꽃이 피었다고 일러라.

일언일묵(一言一默)

　　모든 사물에는 빛이 있다면 그만큼의 그늘이 있다. 빛이 밝게 비친 만큼의 그림자가 생기게 마련이다. 빛이 강렬하다면 그만큼 짙은 그림자가 지게 되고, 빛이 가까이 있다면 그림자는 그만큼 커지게 된다.

　　요즘 세상은 머리띠를 두르고 단식을 하고 하는 것만 세상의 소리라고 알아듣는 듯하다. 그래서 목소리 큰 것만 무슨 여론이라고 말하는 모양이다만 세상에는 들리지 않는 침묵(沈默)이 가장 큰 목소리일 때가 많다. 일언일묵(一言一默)이다.

　　전직 대통령을 평가할 때에도 어떤 이는 그 빛만 말하고, 어떤 이는 그 그늘만 말한다. 빛이 있으면 그림자도 짙게 따라오는 줄 모르는 모양이다. 다 제 논에 물 대기다.

마산의 문학관을 두고도 그렇다. 명칭을 이렇게 해야 하니 저렇게 해야 하니 말들이 많은데 왜 모두들 그늘만 말하고 그 빛은 못 보는지 모를 일이다. 모두들 마음자리를 이미 정해 놓고 익지 춘향으로 논리를 끼워 맞추려니 그 모양새가 아닌가 생각된다.

현재 우리나라에서는 새로운 인물을 발탁하여 쓰려 하면 그 사람이 마땅한 사람인가, 아닌가, 능력은 있는 사람인가는 아무도 검토하려 하지 않고 그 무슨 흠집이나 없는지 찾는 데 혈안이 되어 있다. 능력은 나중의 문제고 무슨 도덕 선생을 찾는 듯하다.

우리 근현대사가 다 그늘이 졌는데 힘없는 일 개인이 어찌 그늘 없이 살았으리요. 만일 그늘이 없는 그런 사람이 있다면 그는 세속을 벗어나 살았거나 세상을 위해 아무런 일도 하지 않은 사람이거나 아무 능력도 없는 사람일 것이다.

세상에는 빛이 있고 그 반대편은 그늘이 지게 마련이다. 빛을 말하는 사람은 그늘을 볼 일이요, 그늘을 말하는 사람은 그 빛을 볼 일이다.

어쩌면 침묵이 더 큰 목소리인지 모른다. 일언일묵(一言一默)에 다 마음을 열고 볼 일이다.

코뿔소는 어디에

어느 날 작은 시골마을에 어느 날 문뜩 코뿔소 한 마리가 나타
난다. 마을 사람들은 매우 놀랐으며, 이 한 마리 코뿔소에 대하여 경
외시하고 질시한다. 그런데 이 코뿔소는 마을사람이 변한 것으로 다
음날은 두 사람이 그 다음 날은 네 사람이 그 다음 날을 여덟 사람이
코뿔소로 변한다. 이와 같이 코뿔소로 변한 사람의 수는 기하급수로
늘어나 이제는 마을 사람 대다수가 코뿔소로 변한다. 이렇게 되자
처음에는 코뿔소로 변한 사람들을 질시하던 마을 사람들도 이제는
은근히 코뿔소가 되기를 원한다. 그러다 마침내 마을 사람 모두가
코뿔소로 변해버리고 한 청년과 그가 사랑하는 연인만이 남게 된다.
그러자 이 여인마저 코뿔소가 되기를 원하며 떠나버리고 이 마을에
는 오직 청년 한 사람만이 인간으로 남아 있을 뿐 모두 코뿔소로 변

해버린다. 이 청년도 드디어는 코뿔소가 되지 못한 자신을 원망한다. 그러나 갑자기 자신은 인간임을 깨닫는 순간 끝까지 인간으로 남을 것을 절규한다. 이상의 이야기는 이오네스쿠의 희곡 '코뿔소'의 줄거리이다. 오늘날 사회를 둘러보면 왜 그런지 이 희곡이 그렇게 실감 날 수가 없다. 주거가 목적인 집을 축제의 수단으로 삼는 일부 졸부들의 놀음과 그 물결에 휩쓸려가는 대다수의 대중들, 특히 몇 개월 전 신문에 보도된 바 있는 아파트를 50여 채 소유한 대학교수의 얘기는 상상 밖의 충격이다. 집뿐이 아니다. 주식투자의 풍조가 일자 이것이 투자가 아니라, 투기가 되어 일부 서민들까지 전세금을 빼서 혹은 사채를 빌려서 일으키는 대단한 바람 또한 우리들의 상식을 넘어선다. 이 밖에도 땅 투기, 골프장 투기, 기름값이 오르리라 하면 석유사재기 열풍까지 일일이 다 열거할 수 없을 정도이다. 우리가 모두 코뿔소의 열병에 감염된 건 아닌가? 의심이 든다. 후기산업사회가 갖는 물질만능주의에 감염이 된 오늘날의 세태를 보면 경이롭기까지 하다. 코뿔소 몸길이 4m, 몸무게 4t가량, 살갗은 두껍고 단단하며, 성질은 둔하고 사나움. 시력은 약하고, 냄새감각 듣기 감각은 예민함. 정말 코뿔소는 어디에 있나.

다시 무등(無等)을 생각한다

우리나라 고전을 읽다 보면 이상향, 혹은 별천지에 대한 이야기가 많다.

최초의 국문소설인 홍길동전의 율도국이 그러하고, 제주도의 전설인 이어도 이야기도 그러하다. 또한 어린 시절에 누구나 한 번쯤은 둘어서 알고 있는 「나무꾼과 선녀」의 이야기도 그러하다.

이러한 이상향 혹은 별천지에 대한 열망은 현실의 불안한 세태를 벗어나고자 하는 인간의 욕구라 보여진다.

오늘날 인간 욕구의 가장 진솔한 표현인 문학에도 이러한 이상향에 대한 논의는 빈번하다. 그것은 지금의 현실도 그만큼 많은 문제점을 안고 있기 때문일 것이다.

그러면 이들이 도달하고자 하는 이상향은 어떤 세계인가? 거기에는 여러 가지의 특징들이 있겠으나 그중 공통적인 것은 첫째가 자유와 평등의 세계이며, 둘째가 비폭력의 세계이며, 셋째가 풍요의 세계라 하겠다.

인간이 도달하고자 하는 지고지선(至高至善)한 세계의 근간을 말하고자 한다면 그것은 이러한 세 가지가 잘 조화된 세계라 할 것이다.

오늘 대 아닌 삼월 서설이 내리고 멀리 있는 늘 그리운 사람들과 무등을 오르며 열려라 무등 열려라 무등 이 오름의 끝으로 무등의 세상이 열린다면, 무등의 나라 그곳은 일과 노래가 한 몸으로 어우러져 어깨춤 흥겨운 땅, 그저 팔을 벌리면 그리운 사람 그리운 이름 불러 힘차게 껴안을 수 있는 땅, 길가 풀잎에 맺힌 새벽이슬 한 방울 속에 새로 돋는 푸른 잎새 하나하나에 자유와 평등이 넉넉한 생명으로 살아 숨 쉬는 땅, 사람과 사람 사이 모든 거리들이 사랑으로 지워지는 땅, 오라 무등의 나라여, 오늘 때아닌 삼월 서설이 내리고 그리운 사람들과 무등을 오르며, 이 가슴 벅찬 오름의 끝으로 하얗게 펄럭이며 살아 오르는 설봉을 만나듯이 무등에 나라여, 오라 오라,

　　　　　　　　　　　　　　　－ 정일근, 「무등을 오르며」 전문

이 글은 『문학정신』에 발표된 정일근의 시이다. 아마 무등산을 오르며 썼으리라 보여진다. 그러나 이 시인이 도달하고자 하는 세계는 단순한 객관적 자연물인 무등산이 아니라 우리 모두 다 그리는 평등

한 무등위(無等位)의 세계일 것이다.

무등위의 세계, 얼마나 좋은 사회인가. 노동과 유희가 '한 몸으로 어우려' 어깨춤이 절로 흥겨운 곳이며, 그리운 사람 그리운 이름을 불러 힘차게 껴안을 수 있는 땅이며, 아주 자잘한 것 하나하나에도 '자유와 평등이 넉넉한' 생명이 넘치는 곳, '사람과 사람 사이의 모든 거리들이 사랑으로 지워지는 땅' 이곳은 바로 우리가 바라는 이상향 그곳일 것이다.

오늘날 사회 각 계층에서 부르짖는 민주화의 목청도 바로 이러한 무등위의 세계에 대한 갈구가 그 근간이 아닌가 한다. 그러나 지금 가장 철저하게 등위에 의존하는 세계가 있다면 그곳은 바로 학교다. 가장 먼저 민주화가 일어나야 할 학교에서의 성적에 의한 등위질서 는 엄격하다 못해 자연의 법칙처럼 여겨진다.

이렇게 과도한 등위 중심의 사회는 인간관계의 갈등을 낳게 하고 상호 간의 위화감을 조성하고 소외감을 느끼게 한다. 각종 학생문제 는 여기에서 출발한다고 볼 수 있다. 오늘날 학생들이 가지는 스트 레스와 자기갈등, 교우 간의 불신, 교사와의 거리감 등도 이러한 성 적 등위에 의한 과도한 경쟁심에서 출발하는 것이다.

이러한 성적 등위 제도가 절대적으로 작용한다는 것은 곧 정신적 인 폭력을 행사하는 것이 된다. 자신들의 현실은 이상적인 세계로 나아가고자 하면서 2세들의 현실 문제는 쉽게 도외시한 것은 아닌가.

비폭력의 세계가 이상향의 근간일진데 성적 등위만으로 처리되는 학생들의 평가는 달라져야 한다. 민주화를 부르짖고 이상향을 갈구하는 이때, 우리는 모두 생각해 보아야 할 것이다.

성적에 의해 학생을 평가하지 않는, 사랑으로 메워지는 무등의 학교를 꿈꾸어야 하지 않겠는가.

그러한 무등의 학교가 '잘한 학생들에게는 칭찬을, 못한 자에게는 꾸중을' 아끼자는 것은 물론 아니다. 잘한 자에게 칭찬을 아낀다면 양 한 마리를 아끼다 세상 모든 사람들의 예를 잃게 하는 결과를 낳게 될 것이기 때문이다. 다만 그것이 절대적인 기준으로 학생들에게 작용해선 안 되리라. 일등은 중요하나 그렇지 못한 다수도 참으로 중요한 것이다. 성적에 의한 등위가 학생의 가치척도가 될 수 없는 참 좋은 이상적인 세계일 수 있는 학교를 만들기 위해 다양한 방법 모색이 시급한 때이다.

그리하여 참된 학교를 만들기 위해 다 같이 훌륭한 방법을 모색해 보아야 할 것이다.

와각쟁투(蝸角爭鬪)

나는 내가 살고 있는 마산을 사랑한다. 무학산을 사랑하고 아귀찜을 좋아한다. 내가 이렇게 사랑하는 마산이 요즘 인근 도시들에 비해 인구가 점점 감소하고 발전의 행보가 느린 것 같아 아쉽다. 이런 아쉬움은 비단 유형의 도시개발에만 있는 것이 아니다.

마산은 일찍이 예향으로 이름이 높았고 훌륭한 자산들을 많이 가지고 있는 도시이다. 미술의 문신 선생을 비롯하여 음악에 조두남 선생님, 문학에 이은상 선생님 등 전국 어디에 내놓아도 그 가치가 우뚝한 분들이 많다. 그런데 이런 훌륭한 문화적 자산을 가진 마산이 그 무엇 하나도 제대로 된 문화 브랜드로 키워내지 못하고 있으니 안타깝다.

이런저런 논쟁 끝에 조두남음악관은 마산음악관으로, 노산문학관은 마산문학관으로 명칭이 바뀌어 지금에 이르고 있다. 그런데 최근 다시 문학관과 음악관의 명칭에 대해 논의하기 시작한 것에 대해 한 편으로는 반갑고 한편으로는 우려스럽다. 다시 시작하는 논의가 생 산적이지 못하고 서로에 대한 반목만 일으키는 게 아닌가 하는 걱정 이 앞선다. 시민들의 마음이 하나로 뭉치지 못하고 마산의 발전은 커녕 또다시 쓸데없는 분쟁만 계속될까 두렵다.

한 도시는 다양한 얼굴을 가진다. 이런 다양한 얼굴들을 문화 브 랜드화하여 그 지역의 가치를 높이는 것도 발전의 한 방법이다. 처 음으로 다시 돌아가서 왜 그런 문학관이 필요했는지, 왜 그런 음악 관이 필요했는지를 생각해보자. 최근에 논의가 시작되고 있는 권환 선생의 문학관도 마찬가지다. 카프문학의 한 산실로 권환문학관을 껴안을 수는 없을까? '우리 마산은 이렇게 다양한 모습과 정신이 있 습니다' 하고 말이다.

우리 역사의 격변기에 그 모두를 온 몸으로 부딪혀온 마산의 모습 을 벨트화하여 보여주면 어떨까? 3 · 15국립묘지와 문신미술관, 조 두남음악관, 노산문학관, 권환문학관을 벨트화하여 보여주면 어떨 까? 마산을 찾는 사람들에게 안내책자를 발간하여 소개도 하고 문화 지도를 그려 관람코스로 개발해 보면 어떨까?

좁은 생각이지만 한 사람의 생애가 유리처럼 맑고 투명하여 한 점 의 티도 없는 삶을 살 수는 없다. 나는 그분들이 어떤 과(過)가 있는지 잘 모른다. 그러나 공(功)은 공대로 과(過)는 과대로 기록하고 전하면 된다. 우리 역사의 격변기를 살아온 그 분들의 생애를 지금의 잣대로 선뜻 평가하기에는 아무래도 무리가 있다. 그런데 자신의 이념과 생각의 잣대로 재단하여 그것이야말로 마산을 사랑하는 일이고 모든 시민의 뜻인 것처럼 호도하는 일들은 이제 그만하자. 우리도 다양한 모습들을 품을 수 있다고 나는 생각한다. 그 예로 미당문학관의 생산적인 발전을 우리는 보고 있지 않은가? 나는 우리 마산도 그렇게 할 수 있는 역량과 넉넉한 마음의 품새를 가진 도시라고 생각한다.

요즘 각 지역에서는 그 도시의 브랜드를 높이기 위해 많은 노력들을 하고 있다. 축제를 만들고 문화재를 발굴하고 재현해 낸다. 그런데 우리 마산은 가지고 있는 자산도 제대로 활용을 못 하고 있으니 심히 안타까운 일이다.

무릇 사랑하는 일은 용서하고 화해하는 일이다. 이제 와각쟁투(蝸角爭鬪)는 그만하자. 진정 사랑하는 일이 어떤 것인지에 대해서도 생각해 보자. 나는 마산을 사랑한다. 마산의 다양한 모습을 사랑한다. 마산에서 직장을 다니고 아이들을 키우며, 내 지난 날의 잘못들을 용서받고 용서하며 살고 있다.

나는 희망한다. 내가 좋아하는 마산의 대표 음식인 아귀찜집에서 찜값 따로 밥값 따로 받는 눈 가리고 아웅 하는 일도 용서하며 살기를 희망한다. 나는 마산 시민들이 더 넓은 마음의 품새로 마산을 사랑하기를 희망한다. 진정으로 아끼고 그 흠까지 품어주는 오랜 동지의 마음으로 사랑하기를 희망한다. 내 몸에 침투한 병마(病魔)를 삶의 동반자(同伴者)로 여기며 다스리듯 그렇게 사랑하기를 희망한다.

콩나물국밥 한 그릇

종일 날씨가 흐렸던 하루 특별히 콩나물국밥으로 점심을 먹었다. 가까운 슈퍼에서 콩나물 한 봉지를 사와 아내에게 얼큰하게 끓여달라고 부탁을 해서는 아주 깊은 추억에 잠기듯 포만하게 먹었다. 술자리가 잦은 나에게 콩나물국밥은 해장국으로 거지 그만이고, 나는 밥그릇을 다 비울 때까지 어린 시절의 추억에 잠겨 아들과 딸에게 이러쿵저러쿵할 말이 많아 더욱 좋아한다.

내 어린 시절 육 남매가 바글거리는 콩나물시루같이 좁은 방 윗목에는 겨우내 콩나물시루가 늘 지키고 있었다. 검은 보자기가 덮인 콩나물시루는 김치와 더불어 겨울 한 철 우리 집의 반찬공장이었으며 모든 요리의 재료 공급소였다. 콩나물국, 콩나물무침, 콩나물 무볶음, 콩나물국밥. 콩나물 하나로 끼니마다 다른 모습으로 올라오는 반찬의 수는 헤아릴 수 없이 많았다.

그러나 내가 어린 시절부터 콩나물을 좋아한 것은 아니었다. 매일 같이 같은 반찬으로 올라오는 콩나물을 누가 좋아했겠는가? 또 있다. 나의 군시절도 그랬다. 날씨가 맑은 날에도 콩나물국, 콩나물 무침, 날씨가 흐린 날에도 콩나물국, 콩나물 무침, 비가 오는 날에도 콩나물국, 콩나물 무침, 나의 군생활 내내 나는 콩나물을 먹고 지냈다. 이런 콩나물을 누가 좋아하겠는가?

이런 콩나물이 나이가 들면서 점점 옛 입맛을 추억하듯이 그리워지기 시작했다. 콩나물 무침이 맛있고 비 오는 날이면 콩나물국밥이 생각난다. 사람이란 싫어하면서도 점점 길들여지면 마음이나 입맛에 각인을 시키는가 보다. 아무리 어려운 시련의 젊은 날도 나이가 들면 그리움으로 채색되듯 입맛도 그러한 것인가 보다.

학교 앞 택시 기사들을 상대하는 기사 식당이 있다. 상호가 기사 식당이듯이 주 고객이 택시 기사인 이 식당에 나도 자주 드나들게 되었다. 이 기사 식당은 뷔페식 식당인데 자신이 원하는 반찬을 자신이 담고 선택하는 식당이었다. 내가 이 식당에서 가장 선호하는 반찬이 콩나물 무침이었으며, 가장 많이 담는 반찬이 콩나물 무침이었다. 간혹 감자볶음도 나오는데 나는 콩나물 무침과 감자볶음을 가장 선호하는 반찬으로 다른 반찬보다 먼저, 많이 내 반찬 그릇에 담곤 한다.

오늘도 온종일 흐린 날씨를 핑계 삼아 아내에게 콩나물국밥을 부탁했던 것이다. 콩나물국밥에 총총 썬 김치를 넣어 얼큰하게 끓여낸 국밥은 흐린 날씨의 우중충한 기분을 씻어낼 묘약처럼 나의 입맛을 당긴다.

사람이 나이가 들면 추억을 먹고 산다고 했던가? 이것에는 먹을거리도 포함되어 있다. 아무리 찌질한 음식일지라도 어릴 적 입맛의 추억이 있는 음식에는 먹을거리 이상의 정감을 불러일으킨다. 내게는 콩나물이 그렇다.

나는 한때 조그만 콩시루를 사서 집에서 콩나물을 키워 먹거리로 사용한 적이 있다. 당최 번거롭고 귀찮아서 한두 번 하다 그만두었지만, 나의 콩나물에 대한 추억은 한두 가지가 아니다. 아내는 당최 나의 이런 이상스런 미각을 이해하지 못해 고개를 갸우뚱 하지만 사람에게는 말로 표현할 수 없는 것들도 있는 법이다.

지금은 콩나물 국밥집도 거리마다 더러 있어 아내의 손을 빌리지 않고도 간편히 추억에 젖을 수 있어 편한 세상이 되었다. 이것을 보면 나와 비슷한 추억을 가진 사람들도 한둘이 아닌 듯싶어 묘한 동료 의식을 갖기도 한다. 나는 오늘 콩나물국밥 한 그릇을 추억하였다.

지팡이 하나

이 세상을 딛고 사는 것이란 지팡이 하나를 갖는 일인 것도 같다. 허적허적 산길을 걸어갈 때 내 손에 쥐어진 지팡이 하나. 이것이 인생인 것 같기도 하다. 생각하면 맹인(盲人)이 지팡이 하나에 오감을 모으고 길을 가듯이 우리도 이 지팡이 하나에 온 감각을 모아 하루하루를 살아 나가는 것 같다.

생각해보면 방랑시인 김삿갓에게서 지팡이는 평생의 벗이요, 도반(道伴)이었을 것이다. 때로는 내 몸을 기대기도 하고, 때로는 지팡이의 이끌림에 발자국을 옮기기도 하면서 천하를 유랑한 것이 아닐까?

사람 한평생을 생각해보면 어릴 때는 부모님이 의지의 지팡이요, 좀 자라면 선생님과 친구가 의지의 지팡이다. 그러다가 나이가 들면

처자식이 의지의 지팡이가 되는 것이 평범한 사람의 일생이다. 이 지팡이 하나에 온몸을 기대어 하루하루를 지탱해 나간다. 힘들고 고통스러워도 이 지팡이 하나에 의지하여 하루하루를 버티는 것 아닐까?

또 어떤 이에게는 물질과 명예가, 권력이 지팡이가 되기도 한다. 돈을 추구하는 이에게는 돈이, 권력을 추구하는 이에게는 권력이 지팡이가 되기도 한다. 어쩌면 아등바등 사는 일이 이 지팡이 하나를 마련하기 위해 온몸을 바치는 것 같기도 하다. 그러나 지팡이는 지팡이일 뿐, 지팡이가 이 삶의 허무를 어찌해 줄 수는 없다.

이렇게 생각하면 출세간(出世間)이란 이 지팡이 하나를 놓는 일일 것이다. 이 지팡이 하나에 대한 집착이 희열의 근원이며 고통의 궁극이다. 이 지팡이 하나만 놓으면 속리(俗離) 하는 일이요 출세간(出世間) 하는 일일 터이다.

나는 어느 노스님의 다 닳은 비누 한 장에 대한 글을 읽은 적이 있다. 이제 거품도 잘 나지 않는 다 닳은 비누 한 장을 두고 스님은 "중이 하나면 됐지! 두 개는 무슨 소용이냐?"라고 반문하셨다 한다. 그 글을 읽은 나도 한 소식 들릴 만큼 큰 말씀이다.

나도 내 한 평생을 이 지팡이에 의지해 걸어왔다. 부모님에 의지해, 친구에 의지해, 선배님들께 의지해 세상의 거친 파도를 헤쳐 왔다. 때로는 고통스럽기만 하던 직장이 지팡이가 되기도 하였고,

부끄럽기만 하던 내 좀팽이 글들이 지팡이가 되기도 하였다. 지팡이 하나에 의지한 길들이 되돌아보면 아득하기만 하다.

이제 가던 길을 멈추고 가만히 되돌아보니 저 지팡이 하나가 고맙고 감사하다. 어쩌면 내가 걸어온 길이 내 의지가 아니라 지팡이의 의지였는지도 모르겠다. 내가 지팡이를 끌고 온 것이 아니라 지팡이가 나를 이끌고 온 것 같기도 하다.

내가 걸어온 길들이 지팡이에 의한 길이라면 저 지팡이에 대한 집착이 내 고통의 근원이리라. 저 지팡이에 대한 집착이 내 삶의 이력이리라. 기쁨도 슬픔도 다 저 지팡이에서 나와 저 지팡이에게로 갔으리라. 내 발심(發心)도 저 지팡이에서 나왔고 내 허무(虛無)도 저 지팡이에서 왔으리라.

이제는 다 내려놓고 싶다. 하나라도 더 가지려고 아등바등해온 저 지팡이 하나에 의지한 삶. 노스님의 말씀처럼 "하나면 됐지 두 개는 무슨 소용이냐." 그렇게 내가 가진 많은 것들을 하나하나 차례로 내려놓으며 살아가고 싶다. 가장 무거운 것부터 차례차례로 내려놓고 싶다. 그러다 보면 감사하게 어느 날 다 내려놓고 속리(俗離)하게 될지도 모른다. 하나면 됐지. 그래 하나면 됐지.

머리 것은 머리에, 꼬리 것은 꼬리에

결실의 계절, 가을이 깊어지고 있다. 덩달아 고3 학생들에게도 결실을 맺는 입시철이 다가왔다. 'D-데이' 며칠 하는 아라비아 숫자판이 칠판 한 귀퉁이를 장식하고, 그 숫자는 매일매일 줄어들고 있다.

그런데 요즘 대학의 입시 자율성 문제가 자못 심각하게 논의되고 있다. 고교등급제 논란과 더불어 본고사 금지 등 교육부의 평등주의 노선에 대하여 대학 총장들의 반발이 언론에 자주 등장한다.

대학들의 반발은 어쩌면 당연한 것으로 느껴진다. 교육은 학생의 선발에서부터 교육과정 졸업 후 진로까지 그 학교에서 자율권을 갖고 책임지도를 하는 것이 옳다고 본다.

이러한 문제는 고등학교도 마찬가지다. 학생의 학교 선택권을 보장해주고 학교도 학생 선발권을 보장해 주어야 한다. 최근 대광고등학교에서 강의석 학생이 예배선택권을 주장하며 단식투쟁을 하고 있다. 이러한 사태는 학생들에게 학교 선택권을 부여하지 않아 생기는 모순이다. 자기가 다니고 싶은 학교를 자율적으로 선택할 수는 없는가? 학교는 가르칠 학생을 마음대로 선택할 자율권을 가질 수 없는가?

대학은 전혀 변별력이 없는 학생종합기록부와 수학능력시험 성적으로 어떻게 학생을 선발하라는 것인가 하는 것이 주된 주장이고, 교육부는 평등권을 내세워 고교등급제와 본고사 실시, 기여입학제 등을 3불정책으로 못 박아 평행선을 달리고 있다. 이 때문에 일선 고등학교만 이 눈치 저 눈치에 갈팡질팡하고 있다. 뭐가 그리 어려운가? 머리의 것은 머리에게, 꼬리의 것은 꼬리에게 주라.

이런 우화(寓話)가 있다. 용궁에서 고이 자란 공주가 어느 날 달을 갖고 싶어 했다. 그러자 용궁의 많은 신하들이 어떻게 달을 가져다 줄 것인가를 고민했다. 그러나 쉽게 결론을 내릴 수가 없었다. 너무 크기 때문에, 너무 멀리 있기 때문에 모두 불가하다고 말했다. 그러다 용궁의 광대에게도 이 문제를 물어보았다. 광대는 쉽게 대답했다. 달을 갖고 싶어 하는 공주가 가장 잘 알 것이므로 공주에게 물어보면 된다고 하였다. 공주는 달이 은(銀)으로 되어 있으며 엄지손톱만 하다고 하여 엄지손톱만 하게 은(銀)으로 달을 만들어 목에 걸어 주었다.

또 문제가 생겼다. 다시 달이 떠오르면 어떻게 할 것인가 하는 것이었다. 또다시 쉽게 결론을 내릴 수가 없었다. 용궁의 광대에게 다시 물어보았다. 광대는 또 쉽게 대답했다. 이 문제도 공주에게 물어보면 된다고 하였다. 공주는 이빨도 빠지면 다시 나니까 새달이 돋을 것이라고 말했다. 이제 모든 문제는 쉽게 해결되었다. 용궁에도 평화가 찾아왔다.

그렇다. 모든 문제는 그 문제의 원인 제공자가 가장 잘 아는 법이다. 이제 이 문제도 그들에게 맡겨보자. 고등학교의 문제는 고등학교에게, 대학의 문제는 대학에게 맡겨보자. 문제가 생기면 그때 다시 논의해보자.

사립학교법도 마찬가지다. 모든 사립학교 경영자를 무슨 잠재적 범법자 취급을 하는 현실이 못마땅하다. 지금까지 우리 교육의 일익을 사학이 맡아오지 않았는가? 그런데 그들을 이제 어떻게 대하고 있는가? 그들에게 더 큰 자율권을 줘보자. 그들에게서 더 혁신적인 방안이 나올 수도 있지 않겠는가?

지금도 조목조목 옥죄어 학교 수위가 학교장으로 앉아도 도장 찍는 기계 노릇은 할 수 있다는 우스갯소리가 나올 정도로 자율권이 없는 것이 현실이다. 이제는 한 번 그들을 믿어보자. 더 큰 자율권을 줘보자.

그것은 개혁이란 명분(名分)을 버리고 실리(實利)를 택하는 일이다. 지금까지 평등주의 노선으로 우리나라 대학들은 모두 세계 2백위권 밖에서 서성이고 있지 않은가? 자율과 자유 경쟁의 시대에 교육도 경쟁할 수 밖에 없다. 원하는 학교를 학생들이 선택할 수 있게 중·고등학교부터 대학까지 모두 자율권을 주자. 머리의 것은 머리에게 주고 꼬리의 것은 꼬리에게 주자. 이제 우리는 스스로 자율할 수 있는 힘이 있다. 한 번 믿어보자.

우포늪의 우리 이름 '소벌'

　내 고향의 우포늪은 이제 전 국민이 그 이름을 알 정도로 유명한 습지가 되었다. 1997년 우포늪(소벌)이 자연생태계보전지역으로 지정되면서 알려지기 시작해 이제는 우포늪을 한 번 다녀오지 않으면 환경문제에 둔감한 사람처럼 느껴지고 학생들에게는 우포늪 탐방이 중요한 생태학습 코스로 각광(脚光)을 받고 있다. 다가오는 2008년 환경올림픽이라는 람사총회가 경남에서 열리는 것을 계기로 우포늪은 더욱더 중요 습지로 관심의 초점이 되고 있다.

　70만 평의 넓은 자연습지를 만난다는 것은 보는 것 그 자체로서 이미 감동적이다. 그것이 일억 년 전에 생성된 백악기의 산물이라거나 생태계의 보고라거나 하는 수식어를 다 빼고서라도 그 앞에 서면 이미 우리는 마음을 열 수밖에 없는 감동을 받게 된다. 그러나 생태계의 보고로 많은 이들의 관심이 쏠리고 있는 경상남도 창녕군 소재의 우포늪은 원래 이름이 소벌이었다. 소처럼 크고 넓다 해서 붙여진 이름인 듯하다. 그런데 언제부터인지 소벌이라는 순수한 우리 이름은 사라지고 한자말인 우포(牛浦)가 되었다. 지역민의 입말인 소벌이 사라지고 글말인 우포라는 한자말이 지금은 소벌을 대표하는 말이 되었다.

우포늪이 세인들의 관심을 끌게 되자 우포라는 이름을 가진 많은 단체들이 생기고 일년에 몇 번씩 문화행사들이 열린다. 그런데 어느 단체도 소벌이라는 말을 쓰는 이가 없다(간혹 괄호 속에 소벌이라는 말을 병기(倂記)하는 것은 보인다. 이는 본래 이름이 소벌이라는 것을 알고 있다는 증거이다. 그런데도 모두가 우포로 쓰고 있다). 그래서 우포라는 한자말을 버리고 소벌이라는 우리 이름을 되찾자고 건의를 해보았다. 그러나 이미 우포라는 이름이 널리 알려져 되돌릴 수 없다는 말을 당사자들에게 듣고는 마음이 아주 쓸쓸해졌다. 굴러온 돌이 박힌 돌을 걷어차는 짓이며 열매가 그 뿌리를 부정하고 가지가 그 줄기를 흔드는 꼴이다.

소벌이 우포가 되자 내 가슴 속에는 어릴 적 고향의 향기가 사라지고 가까이하기엔 너무 먼 무슨 새로운 놀이동산이 갑자기 만들어져 들어 온 것처럼 생소하게 여겨진다. 늘 가슴에 와 닿던 자연스러움이 달아나고 그 자리에 비무장지대처럼 가까이 가서는 안 될 접근

금지지역이 된 것 같다. 1998년 람사협약에 의해 국제적으로 보호되어야 하는 습지로 지정돼 그 중요성이 강조되어 그런 것만이 아니다. 그 이름에는 이미 이름 이전의 향기와 체온이 있는 법인데 우포라는 명칭은 내게 낯설다. 우포를 지킵시다, 우포를 살립시다, 하는데 지키고 살려야 할 것이 풀이나 물고기만은 아닐 것이다. 그 본래의 이름 하나 지켜내지 못하면서 지키자 살리자 하는 말은 꼭 눈 가리고 아웅 하는 짓 같고 박수 치는 사람이 많으니 나도 한번 박수를 받아보자 하는 것 같아 씁쓸하다.

지금은 마을 이름 하나도 본래의 우리말을 되찾아 개명하는 시대인데 지금까지 살아있는 이름 하나 지켜내지 못하는 것은 무엇 때문인가? 소벌은 현재 낙동강의 일부분이다. 낙동강과는 나누어서 생각할 수 없는 것이 현실이다. 그래서 장마철이 되면 낙동강과 같이 수량이 불어나 늪의 수위가 높아지고 갈수기가 되면 수위가 낮아져 늪의 폭이 현저히 좁아지는 것을 볼 수 있다. 그래서 소벌을 낙동강의 허파라고 말하기도 한다.

장마철에도 낙동강이 범람하는 것을 막아주는 것은 소벌이 그 많은 강물을 품어주기 때문이다. 그래서 소벌은 낙동강과 함께 존재한다. 그런데 소벌을 보존하고 지키자고 하는 수많은 사람들이 소벌의 물길이라고 할 수 있는 낙동강의 수질에 대해서는 둔감한 것 같다. 낙동강을 지키는 것이 늪을 지키는 일이며 늪을 지키고자

제3부

143

한다면 낙동강을 지켜내야 하는 데 이 둘을 따로 생각하는 것 같아 마음에 걸린다.

인기가 있으면 매달리고 인기가 없으면 내치자는 것인가? 뿌리가 죽는데 그 가지가 무사할 수 있을까? 모든 것이 원시반본(原始返本)하는 때인데 지명 하나라도 원래의 그 뿌리를 찾아가야 하지 않겠는가? 지키자 살리자는 말도 그 뿌리에서부터 하자.

코끼리의 코만 보여주는 세태

이솝우화에 다섯 장님과 코끼리 이야기가 나온다. 다섯 장님이 각자 코끼리를 만져보고 코끼리가 어떻게 생긴 동물인지 이야기하는 내용이다. 첫 번째 장님은 코끼리의 코를 만지고 굵은 밧줄과 같다고 하고, 두 번째 장님은 코끼리의 귀를 만지고 곡식을 까부르는 커다란 키와 같다고 한다. 세 번째 장님은 코끼리의 배를 만지고 벽과 같다고 하고, 네 번째 장님은 다리를 만지고 굵은 기둥과 같다고 하고, 다섯 번째 장님은 꼬리를 만지고 뱀과 같다고 한다.

모두 다 맞는 얘기다. 부분적으로 보면 그 다섯 장님이 만져보고 비유한 표현들이 모두 옳다. 그러나 전체적으로 볼 때 어느 누구도 코끼리의 모습을 제대로 표현했다고 할 수 없다. 어찌 코끼리를 굵은 밧줄 같다고 할 수 있겠는가? 코끼리가 기둥 같다고 한다면 지나

가는 강아지도 고개를 돌려 웃을 것이다.

그런데 요즘 우리 사회에서는 장님도 아니면서 의도적으로 본질을 왜곡하거나 비틀어 숨기는 상징조작(象徵操作)들이 심심찮게 일어나고 있다. 필요에 따라서 코끼리의 코를 강조해 코끼리에게는 코만 있는 것처럼 부풀리거나, 귀만 부풀려 부각시키고 이를 호도하고 있다. 마치 전 국민을 장님으로 만들려는 듯 이것만 보라 한다. 참 낯 뜨거운 일이다.

봄철만 되면 시내버스들이 임금인상을 위해 태업(怠業)을 하면서 내거는 구호는 준법운행이다. 어떻게 노동자 자신의 권익을 위한 태업으로 시민들의 생활에 불편을 주면서 이를 준법이란 말로 포장을 할 수 있다는 말인가? 정직하게 '우리는 지금 임금인상을 위해 태업중입니다' 라고 하면 되지 않는가? 이 무슨 낯 뜨거운 속임수인가. 그러면 지금까지의 평상시 운행은 불법운행이었다는 말인가?

이런 일들은 도처에서 쉽게 찾아볼 수 있다. 그럴듯하고 인기 있는 가치들을 선점하기 위하여, 국민의 반응이 좋을 만한 정책이나 구호를 위하여 상징조작은 곳곳에서 행해지고 있다. 각종 복권(福券)을 만들어 온 나라를 복권공화국으로 어질러놓고, 서민들의 주머니를 노리면서도 쥐꼬리만 한 복지정책을 내세워 호도하고 있는 것이 현실이다. 온 국민에게 사행심을 조장하면서도 겉으로는 건전한 문화, 살기 좋은 사회, 혹은 복지를 내세운다. 코끼리의 코만 보여주고 코끼리에게 볼 것은 코뿐이라고, 아니 코만 있다고 호도한다.

담배가격 인상도 그렇다. 보건복지부와 KT&G가 금연효과를 둘러싸고 서로가 옳다며 상반된 견해를 내놓고 있다. 복지부는 최근 담배를 끊은 사람의 73%가 가격인상 때문이었다고 주장하지만 KT&G는 다른 조사 결과를 내놨다.

지난달 성인 남성의 흡연율이 1.4% 줄긴 했지만, 이중 담뱃값 인상으로 인한 금연은 0.33% 포인트에 불과하다는 것이었다. 즉 담배를 끊은 사람의 70%는 건강을 위해서 금연을 한 것이고, 가격인상 때문에 금연한 사람은 24%에 지나지 않는다는 주장이다.

어떻게 같은 사안을 두고 이렇게 서로 다른 해석을 내놓을 수 있는가? 그것은 서로가 보여주고 싶은 것만 보여주겠다는 계산된 행동이 만든 결과이다. 너희들은 이것만 보고 이것만 믿어라, 봐라 내가 한 일이 옳지 않으냐 하고 강요하는 것이다.

우리는 모두 장님이 아니다. 몇 사람을 영원히 속일 수 있고 모든 사람을 잠깐 속일 수는 있다. 그러나 모든 사람을 영원히 속일 수는 없다. 이제는 어떤 그럴듯한 말들을 해도 그 진의가 무엇인지, 어떤 배경을 숨기고 하는 말인지 모든 국민이 의심을 하는 단계에 접어들었다.

이제는 우리 모두 달라지자. 이제는 우리 모두 본질을 감추고 숨기는 상징조작을 그만둘 때가 되었다. 저 양치기의 거짓말처럼 모두

들 믿지 못하게 되면 그때는 정말 어쩔 것인가? 또 이 말은 어떤 의
도를 깔고 하는 말인가 하고 의심하지 않고 곧이곧대로 믿게 하자.
아무리 좋은 의도라도 본질을 호도하는 일은 이제 그만두자. 우리
모두 한마디 말에서부터 순수해지자.

나무를 보고 숲을 읽는 즐거움

나는 지금도 무학산 끝자락에 있는 애기봉에 자주 오른다. 원래 이름이 고운봉인 이 서학사 뒷산은 고운(孤雲) 최치원 선생의 입산과 관련된 전설을 담고 있는 고즈넉한 봉우리다. 별로 높지도 낮지도 않아 쉬엄쉬엄 사색하며 오르기가 좋고 내려오는 길 또한 풍광이 아주 좋아 자주 찾는다.

내려오는 길은 무학농장 쪽으로 내려와 수도사를 거쳐도 좋고, 관해정 쪽으로 잡아 서학사에서 물을 한 모금 마시고 관해정 앞 은행나무 밑에서 잠시 다리를 쉬어도 좋다. 봄철에는 온갖 꽃들이 나를 반기고 가을철은 곱게 물든 단풍들이 나를 설레게 한다.

산을 찾는 일은 나무를 찾는 일이요, 숲과 대화를 하는 일이다. 나뭇잎을 보면 그 잎새의 줄기가 나뭇가지와 닮았고 나뭇가지는 나무의 둥치와 닮았다. 그래서 나뭇가지를 보는 일은 나무 둥치를 보는 일과 같고 그 나무의 전체 모습을 아는 일과 같다. 프랙탈(Fractal)의 원리다. 이는 인간 세상이나 생물계·자연계의 불규칙적인 형상 해명에 이용된다. 프랙탈(Fractal)의 원리에 의하면 저 나뭇가지가 모여 나무를 이루고 저 나무들이 모여 숲을 이룬다. 저 나뭇가지가 바로 나무의 모습이다. 사람의 일생도 그러하다. 하루가 모여 한 달이 되고, 한 달이 모여 일 년이 되고, 일 년이 모여 일생이 된다. 사람에게서의 하루는 곧 그 사람의 일생을 보여주는 것이 된다.

최영철 형이 부산 수영에 살 때다. 부산에서 무슨 모임을 마치고 늦은 밤, 술에 취해 영철이 형을 찾아갔다. 취기가 가시지 않은 다음 날 아침, 영철이 형은 나를 데리고 수영성 푸조나무를 보러 갔다. 이는 순전히 나를 위한 아침 이벤트였다. 영철이 형은 푸조나무의 상처를 어루만지며 수영성의 역사와 푸조나무에 대하여 말했다. 나는 푸조나무를 보는 순간 술이 확 깼다.

마산에도 아름다운 푸조나무가 있다. 마산의 만날고개를 올라가는 입구 즈음 350여 년이 된 푸조나무가 우람한 자세로 서 있다. 마산의 보호수다. 나는 무학산 둘레길을 걸을 때마다 그 푸조나무 아래서 한참을 쉬었다 온다. 수영성 푸조나무와 영철이 형을 생각하다 온다.

내가 시를 배울 당시 어떤 형이 말했다. "시는 단 한 줄이야". 나는 그 말에 대한 이상한 신뢰를 갖고 있다. 그래 시는 단 한 줄이야. 그래서 그런지 어떤 때에는 시의 제목만 보고도 그 시가 어떤 형식으로 흘러갈지를 아는 때가 있다. 그래 시는 단 한 줄이야. 단 한 줄만의 시.

우리는 흔히 나무를 보고 숲을 보지 못한다라는 관용구를 쓴다. 그러나 우리의 삶에서는 늘 나무를 보고 숲을 아는 삶을 살고 있다. 진달래가 피고 나면 살구꽃이 만개하고 벚나무가 물들면 밤나무도 단풍이 든다. 나무를 보고 숲을 읽는다. 몇몇 친한 시인은 사람보다 시를 먼저 만났다. 그런데 만나고 보니 사람이 그 시였다. 시가 그였고 그가 시였다.

벌써 몇 달째 산을 오르지 못하고 있다. 이사를 하고 집안 정리다 뭐다 해서 마음의 여유가 없었다. 가을이 오면 단풍을 보고 새봄이 오면 꽃봉오리를 보아야 하는데. 무슨 짓인지 살자고 하는 삶이 나를 자유로이 놓아주지 않는다. 이 하루가 나의 삶인데 나는 지금 사막에 들어섰다. 내 시가 지금 외롭다. 애기봉을 올라야 하는 데. 고운봉을 찾아야 하는 데. 서학사 가는 길이 그립다.

소박함과 담백함

세상이 발전한다는 것은 더 다양해지고 더 복잡해진다는 말과 동의어 같다. 더 다양한 색상과 더 화려한 디자인들이 시시각각 밀려오는 현대인에게 소박함과 담백함은 위안이 되는 단어인 것 같다. 이런 담백한 맛을 나는 요즘 막사발에서 느끼고 있다. 친구가 선물로 준 이 막사발은 어떤 화려한 문양도 없이, 화려한 색채도 없이 담담하기만 하다. 그런데 나는 이 담백함에 자꾸 마음이 가고 눈길이 간다. 그런데 이 막사발이 일본의 국보가 되어 있단다. 이도다완이다. 의미심장한 일이다.

일본은 예부터 다도를 숭상했다. 그 다도의 중시조 격인 인물인 센 리큐(千利休)가 이끄는 사카이(오사카 남단에 있는 도시)의 다도회는 중국 도자기의 명산지 경덕진에서 생산된 청자와 백자 아니면 고려

청자와 조선 분청사기를 사용했다 한다. 그러다 임진왜란이 끝나고 몇 년 뒤, 끌려온 조선 도공들이 만든 막사발이 이 다도회에 진상되었단다.

이 다도회의 회원들은 막사발에 경탄을 금치 못했다 한다. "다른 다기는 아름답기는 해도 기교가 심한 것이 흠인데, 이건 무기교라 순박미가 넘칩니다.", "상감을 새긴 것도 없고 그림도 넣지 않았는데, 유약이 흐르면서 밑동에서 절로 미감이 감돌아 품격이 대단합니다." 하고 아꼈다 한다.

무기교가 만든 극치의 예술품인 이 조선 막사발의 생산자인 조선 도공들은 경상도 진주목의 '새미골' 관요 출신이었단다. 새미는 '샘'의 옛말. 샘을 일본식 한자로 쓰면 '井', 고을은 '戶', 그래서 井戶라 해서 이름이 이도다완이 되었단다. 즉, 이도다완은 새미골 막사발의 일본 이름인 것이다. 이때의 이도다완 중 교토 대덕사 고봉암의 것이 일본 국보가 되고, 42개 정도가 일본에 더 있는 것으로 알려져 있다.

이 막사발 같은 담백함을 가진 장르가 양장시조이다. 요즘 나는 양장시조를 쓰는 재미를 붙이고 있다. 양장시조는 짧아 종이와 펜이 필요 없다. 머릿속으로 양장시조 한 편을 다 쓸 수도 있다.

내가 처음 시조에 재미를 알게 된 것은 중학교 때의 일이다. 중학교 시절, 학교에서 고시조 100수 외우기를 했다. 고시조 외우기 대회를 열어 상도 주고 고시조 외우기 장려를 많이 하였다. 나는 이 고시조 외우기를 무척 좋아했다. 그때의 영향인지 나는 시조의 감칠맛을 아주 좋아하는 편이다.

요즘 스마트폰 시대에 양장시조는 전자기기를 통하여 통용되기에 아주 알맞은 양식이다. 그리고 짧은 길이에도 불구하고 반전의 재미와 형식미가 일본의 하이쿠를 능가하는 맛이 있다. 겨우 30자 내외의 짧은 글 속에 형식미와 반전을 갖는 운문이란 얼마나 멋진 장르인가.

일찍이 노산 이은상 선생님이 시도한 양장시조는 지금 그 맥이 미미하지만 이는 우리가 반드시 되살려내어야 할 장르이다. 그리고 양장시조는 젊은이들에게도 시의 즐거운 맛을 일깨워줄 수 있는 장르이다. 긴 시를 읽기 싫어하는 요즘의 젊은이들에게는 아주 입맛 당기는 형식이 될 것이다. 청자의 화려함과 백자의 단아함을 뛰어넘는 저 막사발처럼.

신화(神話)냐 역사(歷史)냐

저는 작년 봄, 불의의 사고로 아버님을 잃고 시골에 홀로 계신 어머님을 모시기 위해 20여 년을 살던 아파트를 정리하고 주택으로 이사를 하였습니다. 오랫동안 맞벌이 생활을 하던 나에게 거처로서의 집은 아파트가 생활하기 편하고 좋았으나 장손으로서 제 앞가림을 하기 위해서는 주택으로 옮겨오지 않을 수 없었습니다.

집이라는 것은 거처하는 데 필요한 것이지만 장손으로서 설, 추석 명절과 기제사를 받들기 위해서는 제관들이 모여 제례를 지낼 수 있는 큰 거실이 필요했습니다. 그래서 거실이 넓은 집을 사서 이사를 하게 되었습니다.

어쩌면 우스운 이야기가 되겠지만, 일 년에 몇 번 있는 행사를 위해 삶의 패턴을 바꾼 것입니다. 삶이란 것이 먹고 자고 하는 것일 수도 있지만 꼭 그것만은 아니지 않겠습니까? 어쩌면 문명이란 것이 먹고 자고 하는 현실의 삶을 넘어서는 어떤 것을 의미하지는 않을까요?

중국 청나라의 문인 오교(吳喬)는 산문과 시의 차이를 다음과 같이 말했습니다. 즉 산문과 시가 나타내고자 하는 뜻(意)을 쌀에 비유하며, "산문은 쌀로 밥을 짓는 것에 비유할 수 있고, 시는 쌀로 술을 빚는 것에 비유할 수 있다. 밥은 쌀의 형태가 변하지 않지만 술은 쌀의 형태와 성질이 완전히 변한다."고 했습니다. 참으로 절묘한 비유입니다. 밥을 먹으면 배가 부르고 술을 마시면 취합니다. 밥은 인간의 생존을 위한 필수적인 영양소이지만 술은 마시지 않아도 살아갈 수 있습니다. 그러나 사람이 어찌 밥만으로 살 수 있겠습니까? 때로는 얼큰한 취향(醉鄕)의 경지가 밥보다 더 절실한 것이 인간의 삶입니다. 그래서 우리가 시를 쓰고 시를 읽는 것이 아닐까요? 시는 우리를 취하게 하기 때문입니다.

그럼 좋은 시는 어떤 것일가요? 명나라의 구곤호라는 분은 '소심방담(小心放膽)'이라는 말로 설명하였습니다. 소심(小心)이라는 말은 "섬세하라" 요즘 말로 하자면 디테일에 대한 이야기라 볼 수 있겠고요, 방담은 "발상(發想)"쯤으로 이해되는 말입니다. 즉 "디테일은 섬세하되 발상은 크게 하라" "일상적 상상력을 넘어서라" 이런 이야기가 되겠습니다. 저는 이 두 가지 중에서 무엇이 중요하냐? 둘 중 하나를 선택하라면 발상에 손을 들겠습니다. 시는 발상이 더 중요하다 하겠습니다.

비슷한 이야기입니다만 고려의 문인 이규보는 '백운소설(白雲小說)' 서문에서 "시는 뜻을 세움이 위주요, 철사란 나중의 문제다." 하였습니다. 뜻을 세운다는 것 즉 입주(立柱)가 중요하고 말을 얽어매는 것, 즉 철사는 나중에 일이다 하여 발상의 중요성을 강조하였습니다. 발상이 어느 정도 중요하냐 하면 약 80%가 발상에 의해 좋은 시와 실패한 시로 구분되어 진다고 생각해보면 될 것 같습니다. 시를 이야기하다가 80%니 뭐니 하니 좀 우스워지는데요, 재미있는 장난입니다. 서울여대 이승원 선생님의 흉내를 내어보았습니다.

이승원 선생님께서 문학강연을 오셔서 이런 말씀을 하셨습니다. "명시(名詩)는 약 92.7%가 16행에서 21행 사이에 있다."라고 말씀 하셨습니다. 정말 계산해보신 것인지는 모르겠으나 그만큼 명시(名詩)는 압축이 중요하다고 하신 말씀 같았습니다. 저도 흉내 좀 내 보았습니다.

시(詩)란 나를 드러내는 양식이며, 나무를 보고 숲을 읽는 일이기도 합니다. 시를 흔히 '세계를 자아화' 하는 문학이라고 말합니다. 나를 제외한 모든 것을 세계라 할 때 이 모든 것을 자아화 한다는 말입니다. 즉 세계가 자아에 의해 바뀌고 변한다는 것입니다. 가령 구름이 있다고 합시다.(요즘 구름의 이름을 단 시집이 너무 많아서 걱정도 됩니다) 그런데 이 구름을 보고 구름이 웃는다 할 수도 있고, 구름이 운다고도 할 수 있습니다. 자아에 의해 바뀐 것이지요. 유행가 가사에 이런 것이 있지 않습니까? "구름도 울고 넘는 울고 넘는 저 산 아래 그 옛날 내가 살던 고향이 있었건만(무인도 작사, 서영은 작곡, 오기택 노래)" 이때 울고 넘는 것은 서정적 자아이지 구름이 아니지 않습니까? 그런데 자아의 감정을 구름에 투영하여 구름이 운다고 한 것입니다. 이것은 자아에 의해 세계가 변한 것입니다. 즉 변질된 것입니다.

시의 세계는 이렇습니다. 꽃을 보고 자아가 기분이 좋으면 '꽃이 웃는다.'하고 자아가 슬프면 '꽃이 운다.' 이렇게 하는 것입니다. 자아에 의해 세계가 변질되는 것입니다. 시인은 그의 신(神)과 같은 존재이지요. 자 시인(詩人)을 빨리 발음해 보세요? 신(神)이지 않습니까?

나무를 보고 숲을 읽는 것이 시(詩)라고 좀 전에 말씀드렸지요. 시는 나무를 보고 숲을 읽는 작업입니다. 즉 나뭇잎 하나를 보고 나무를 아는 것입니다. 나무 잎맥을 보면 나뭇가지처럼 생겼고요, 나뭇가지는 나무를 닮아있습니다. 시는 오동잎 한 잎을 보고 천하에 가을이 왔음을 알아차리는 일입니다. 그래서 옛 선인들은 시인을 선지자라고도 했습니다. 우리들은 정말 선지자입니까? 한 번 생각해 봅시다.

1950년대 후반 한국동란 이후에 유치환, 서정주의 생명파와 김규동의 모더니즘 계열의 논쟁이 있었습니다. "낡았다 새롭다" 뭐 이런 논쟁이지요, 생명파에서는 "하늘 아래 새로운 것은 없다, 너희는 무엇이 새롭냐?" 주의였고 모더니즘 계열은 "서정시는 너무 낡았다 바꾸어야 한다" 주의였는데 지금도 여전히 이 논쟁이 계속되고 있습니다. 그러나 저는 삶이 빠진 문학은 무정란과 같다고 봅니다. 문학이든 그림이든 삶에 생명이 있다고 봅니다.

나림 이병주 선생께서는 "햇빛에 바래면 역사가 되고 달빛에 물들면 신화가 된다."라고 하였습니다. 시(詩)는 신화의 세계지 역사의 세계가 아닙니다. 인도의 철학자 라즈니쉬도 비슷한 말씀을 하셨는데 "세계를 보는 두 개의 관점이 있는데 과학의 눈으로 보면 역사가 되고, 종교의 세계로 보면 신화가 된다." 그러므로 시는 과학의 세계보다 종교의 세계에 더 가깝고 그래서 역사보다는 신화에 가깝다고 생각합니다.

저는 지금껏 일곱 권의 시집과 한 권의 산문집을 냈습니다. 시든 산문이든 이는 제 삶과 연관된 것이지 제 삶이 따로 있고 문학이 따로 있는 것이 아닙니다. 무정란이란 알은 알인데 생명이 없는 알이지요. 부화를 하여 새로운 생명으로 태어나지 못하는 알입니다.

20대에는 20대의 열망을, 30대에는 서른 살의 박봉을, 40대에는 불혹의 흔들림을, 50대에는 지천명의 아픔을 말했습니다. '시(詩)는 술이요 산문(散文)은 밥이다'라는 말로 시작했는데 술 이야기가 밥 이야기로 빠지는 것 같습니다만, 밥을 익혀야 술이 되지 않습니까? 밥이 없으면 술을 만들 수 없는 것처럼 밥이 술을 부르고 술이 또 밥을 만드는 것입니다. 술도 때로는 끼니가 되고 배가 불러야 술도 생각나지 않겠습니까? 술은 가슴으로 마시지 머리로 마시는 것이 아닙니다. 시(詩) 또한 그렇습니다. 그럼 제 이야기는 여기서 이만 줄이겠습니다.

제4부

난꽃이 피다

내 좁디좁은 집 베란다에 놓인 춘란이 꽃을 피웠다. 수년간 키워
왔지만 이런 일은 처음이다. 아내와 아이들은 신기하다고 들여다보
고 각자 소감을 한마디씩 한다. 아이들은 내가 화분을 잘 관리해서
그런 양 말하고 아내는 충분한 시간이 되어서 피었다고 하지만, 나
는 내심으로 내가 게을러 물조차 자주 주지 않으니 죽기 직전의 고
통으로 피었다고 생각한다.

춘란이 꽃을 피운 건 관리를 잘해서 일 수도 있고, 충분한 시간이
되어서 그럴 수도 있고, 죽을 것 같은 고통으로 피었을 수도 있다.
그러나 우리들의 눈길을 불러 모은 것은 꽃이 피었기 때문이다. 꽃
이 피지 않았더라면 베란다 한 귀퉁이에 숨어있는 춘란분을 눈여겨
보기나 했을까? 꽃은 식물에게 결실이다. 한갓 식물에게도 꽃핀다

는 게 이렇게 중요한 일인데 하물며 사람에게서 말할 필요가 또 있겠는가?

요즘 저출산율로 나라 전체가 난리다. 수십 년을 지켜오던 산아제한정책을 포기하고 다산정책으로 돌아섰을 뿐 아니라, 출산부에게 온갖 혜택을 제공하겠다고 법석이다. 정책만 세우면 생명도 마음대로 할 수 있다는 말인가? 웃기는 일이다.

안치환의 노래에 '사람이 꽃보다 아름다워'란 노래가 있다. 그래 사람이 꽃보다 아름답고말고. 우리들의 꽃은 바로 저 웃고 있는 아이들이 아닌가? 나는 슬그머니 아들의 얼굴을 훔쳐본다.

무엇을 쓰느냐고 물었다

아침 등굣길에 친구를 만났다. 반가운 김에 서로 인사를 나누었다. 그는 인사조로 내게 요즘 무엇을 쓰느냐고 물었다. 나도 인사조 대답했다. 술 먹은 이야기도 쓰고, 술 못 먹은 이야기도 쓰고.

그렇다. 무엇을 쓰느냐는 중요한 문제다. 내가 처음 등단을 했을 때는 무엇을 써야겠다는 생각보다 무엇이 어떻게 내 가슴을 울렸는가의 문제였다. 세상에 대한 눈치도 보지 않았고 세간의 인기도 돌아보지 않았다. 그래서 무엇이 내 가슴을 어떻게 울렸는지가 문제였다.

요즘 무엇을 쓰느냐? 안부 같기도 하고 질문 같기도 한 이 물음에 나는 다시 대답해도 그렇다. 술 먹은 이야기도 쓰고 술 못 먹은 이야기도 쓴다. 라고 대답할 수밖에 없다. 그런데 솔직한 대답으로는 등

단 이십 년을 넘기고는 무엇을 써야 하는 지가 점점 분명히 보인다는 것이다. 이것이 좋은 것인가? 나쁜 것인가? 하는.

무엇을 쓰느냐는 물음은 네가 글을 쓴다는 것을 나는 알고 있다는 언어의 친교적 기능이다. 친교적 기능을 나타내는 질문에는 친교적 기능의 대답을 해야 한다. 그런데 친교적 기능을 나타내는 이런 질문들은 아주 다양하게 많다. 어떻게 사느냐?. 밥은 먹었느냐? 요즘은 무슨 얘기를 하느냐? 요즘 누구하고 노느냐? 등. 술자리에서의 대화처럼 무진 무진하다.

술자리에서의 대화. 남자들의 술자리 얘기는 그 화제가 아주 다양하다. 군대 이야기부터 출발하여, 정치 이야기로 갔다가 직장 이야기로 나중엔 자식 이야기로 이어진다. 무궁무진하다. 술잔처럼 왔다 갔다 끝없이 이어진다. 필연성도 없이 무궁무진하다. 그런데 글쎄 그래 무엇을 쓰느냐?

등단 직후 내가 가슴의 울림을 쓸 당시에는 나는 진솔했다. 그래서 오로지 가슴을 울리는 얘기만 썼다. 가슴의 울림, 그것이 내가 써야 할 무엇이었다. 지금은 무엇을 써야 할지가 조금씩 얼굴을 내민다. 안면이 있다. 그러나 무엇을 써야 할지를 아는 지금은 진솔하지만은 않다. 에둘러 간다. 에둘러 천천히 간다. 일부러 에둘러 간다. 영원한 것은 없다.

영원한 것은 무엇인가? 나는 요즘 나에게 질문하고 나에게 대답한다. 영원한 것은 무엇인가? 글쎄 나는 대답하지 못한다. 나는 하지 못한 대답을 글로 쓴다. 무엇인가 대답을 해야 하는 데 하지 못한 대답을 '나는 대답을 하지 못하였다.'고 쓴다. 영원한 것은 무엇인가?

다시 묻는다. 무엇을 쓰느냐? 나는 대답한다. 술 먹은 이야기도 쓰고 술 못 먹은 이야기도 쓴다. 술 먹은 이야기와 술 못 먹은 이야기 속에 세상의 모든 이야기가 있다. 사람들은 술을 먹거나 술을 못 먹거나 한다. 술을 먹은 이야기는 술을 먹은 만큼 할 이야기가 많고 술을 못 먹은 이야기는 술을 못 먹은 만큼 할 이야기가 많다. 글쎄 영원한 것은 없다. 모든 것은 변한다. 나는 무엇인가? 검지도 희지도 못한 나는 무엇인가?

영원한 것은 없다. 그러나 영원한 것을 찾아야 한다. 영원한 것은 무엇일까? 나는 지금 내 질문에 나의 대답을 기다리고 있다. 바보 같은 질문을 다시 한다. 영원한 것은 무엇인가? 내가 본 무엇을 쓸 것인가는 영원한 것인가? 내가 본 무엇이 정말 영원한 것이냐? 나는 다시 묻는다. 나는 누구냐? 나는 무엇이냐? 정말.

불립문자(不立文字)

세상엔 말로 다할 수 없는 것들이 말로 할 수 있는 것보다 더 많다. 나이를 먹다 보면 이런 이치는 자연스럽게 경험하게 된다. 무슨 큰 스님이나 한 도통을 한 도인의 이야기가 아니라 평범한 사람들도 그렇다는 얘기다. 말이란 이미 입에서 나오기 전부터 자신이 아는 만큼의 논리와 이성으로 꾸며지고 자신이 아는 만큼의 이치로 축소되어 발화된다. 그래서 정작 본질과는 그만큼의 틈이 생긴다. 그런데도 사람들은 모두 다 말로 하라고 한다.

말이란 가장 편리한 의사소통의 도구이지만 세상의 일은 말로 설명할 수 있는 것보다 말로 다 설명하지 못하는 것이 더 많다는 것을 사람들은 알고 있으면서도 "너 말해봐라, 너 말해봐라" 한다. 어쩌면 사소한 일상도 어디 말로 다 설명되던가? 평범한 일상도 그러할 진데 본질에 가 닿으려는 생각이야 말해 무엇하랴.

불교의 선종에서의 많은 공안은 말로 설명되지 않는 것이다. 어쩌면 말로 설명되지 않아야 공안인 것처럼 생각된다. 진리란 문자로 설명되지 않는다는 말이 아마 불립문자(不立文字)이리라. 그렇다면 깨달음이란 말로 설명되는 것이 아니라는 뜻이겠다. 말로 전해줄 수 없는 것이 깨달음이란 뜻이겠다.

옛날 습득이란 스님은 대웅전 앞마당을 한 삼 년 쓸고 도통했다 한다. 습득 스님은 불경에도 통 깨우침이 없었고 염불에도 소질이 없었다고 한다. 그런데 대웅전 앞마당을 쓰는 데는 한 도가 있어 꽃이 지는 봄날에는 쓴 듯 안 쓴 듯 꽃잎 몇 송이가 봄날의 정취를 보여주었으며, 가을날에는 단풍잎 몇 낱이 쓴 듯 아니 쓴 듯 가을 정취를 풍기게 해 주었단다. 그래서 어느 날 큰스님께서 지나가는 말로 공안을 주었더니 아주 알고 있었다는 듯이 깨쳐 큰스님께서 습득 스님이 이미 깨달음을 얻은 줄 알았다고 전한다.

아무리 불경을 가르쳐도 저녁이면 다 까먹고, 아무리 염불을 가르쳐도 저녁이면 다 까먹었던 습득 스님이 대웅전 앞마당을 한 삼 년 쓸고는 득도를 한 것이다. 깨달음이란 이런 것이어서 그것이 꼭 문자로 전해지는 것이 아니다. 선종의 육조 혜능선사도 글을 몰랐다고 한다. 그러니 깨우침이란 글로 되는 것이 아닌 모양이다. 그런데 생각이 얇은 우리들이 겨우 까막눈이나 면한 처지에 이것이 어떻고 저

것이 어떻다 떠드는 것은 참 가소로운 짓이라 아니할 수 없겠다.

내 생애의 거의 전부를 학교에만 다녔다. 배우려 다니고 가르치려 다녔다. 그런데 이 일을 끝낼 때가 되니 어쩐지 허랑한 생각이 든다. 내가 가르친 것이 아니고 세월이 가르치고, 스스로 깨우치고, 세상이 가르친 것이지 내가 한 것은 아무것도 없다는 생각이 든다. 대체 내가 무엇을 가르친단 말인가?

습득 스님은 대웅전 앞마당을 쓸고도 깨우침을 얻는데 무얼 한들 지극하면 깨우치지 못할 것인가? 생각이 깊고 지극하면 무슨 일을 하든지 크게 깨우치리라. 이 말 많은 세상에 쓸모없는 말만 되뇌고 되뇐 내 생애야말로 참으로 허랑한 삶이라 생각된다. 이제 이 일도 끝맺음을 하고 고향으로 돌아가려 한다. 이제 귀거래하면 입 닫고 눈 막고 살리라. 말하는 것이 허랑하다면 보는 것도 허랑하리라. 꽃이 피면 꽃이 피는 대로 꽃이 지면 꽃이 지는 대로 무위자연(無爲自然) 하리라. 내가 뿌린 저 많은 말의 업보를 참회하며 살리라. 낙엽이 지면 쓴 듯 아니 쓴 듯 마당이나 쓸면서 늙어 가리라.

제4부

169

입춘서(立春書)

　설을 지나고 나니 바로 입춘(立春)이 코 앞이다. 입춘서(立春書)를 적어 문 앞에다 붙여야겠다.

　모두들 세계적 불경기로 살기가 어렵다, 춥다 하는데 입춘이 봄을 알려 마음으로부터 따뜻한 기운을 불러일으키니 후덕하기로 말한다면 이 봄이야말로 후덕하지 아니한가?

　천하만물에게 따뜻한 기운을 불어넣어 새 움을 돋게 하고 만물을 길러내니 정말 어질지 않은가?

　입춘서를 적어 마음으로부터 감사와 새 기운을 길러 볼 일이다. '건양다경(建陽多慶)'도 좋고 '입춘대길(立春大吉)'도 좋다. 아무튼 문을 드나들며 새로운 기운을 느끼고 좌우명처럼 마음을 다잡으면 좋지 아니하겠는가?

국민들은 죽네사네 하는데 국민의 대표라고 국회에 올려보낸 의원들은 아직도 네 탓 내 탓으로 뻔한 짓거리들을 하고 있다. 국민의 대표라면 봄날처럼 국민들을 편안하게 따뜻하게 해야 할 텐데 오로지 정치적 입지만을 가지고 싸우기가 일쑤다. 망치에 소화기에 세상 사람들이 보기에 무슨 영화의 격투 장면 같아 저것이 국민의 대표들이 할 모습인가 생각된다.

천하에 봄이 와도 국회에는 봄이 오지 않은 것 같다. 허구한 날 이전투구만 일삼으니 어디 믿을 구석이 없고 마음이 불편하다.

뭐 대단한 일부터 하자는 게 아니고 제발 올해는 국회 정문에다 '상생정치(相生政治)' '경세제민(經世濟民)'이라고 입춘서라도 적어 붙이면 어떨까? 하는 생각을 해 본다.

모든 기운은 마음자리에서 시작된다. 마음으로부터 천하의 기운을 받고 마음으로부터 천하의 일이 매듭지어진다. 그러니 내 마음이 오로지 그러하면 천하가 알고, 내 마음자리가 어긋나면 이 또한 천하가 다 아는 일이 될 것이다. 손바닥으로 하늘을 가리면 제 얼굴이야 가리겠지만 어찌 하늘을 다 가리겠는가?

올해는 우리 모두 한 해의 마음자리를 입춘서로 써 볼 일이다. 입춘서로 써서 문 앞에다 붙여 두고 들며 나며 마음에 새겨 볼 일이다.

황금 다보탑

　오늘 점심을 먹고 나오는 길에 보도에서 십 원짜리 동전 하나를 주웠다. 어젯밤 좋은 꿈을 꾼 것도 아닌 데 황금 동전을 줍고 보니 기분이 썩 좋아졌다. 유안진 시인의 시(詩)에 의하면 국보 제20호를 줍는 횡재를 한 것이다. 지금의 아이들은 길에 떨어진 십 원짜리를 아무도 줍지 않는다는 기사를 본 적이 있으나 나는 아주 횡재를 한 기분으로 집에 돌아와 아내에게 자랑을 했다.

　내가 십 원짜리를 처음 손에 쥔 것은 초등학교 3학년 봄소풍 날이었다. 그때 우리 집은 대가족이 함께 살고 있었다. 할아버지와 할머니 그리고 우리 부모님과 형제들 그리고 삼촌 내외와 사촌들이 좁은 집에서 옹기종기 모여 살았다. 내가 소풍 날 아침, 도시락에 계란 두 개를 삶아 들고 처진 어깨로 집을 나설 때 문밖으로 따라 나와 십 원을 손에 쥐여주신 분은 숙모님이셨다. 그때 나는 처음으로 십 원을 가져보았다. 나는 오늘 그날의 기분만큼이나 흐뭇했다.

나의 숙부와 숙모님은 유달리 나를 특별히 대하셨다. 어쩜 내 사촌들보다 나를 먼저 생각하신다. 지금도 명절이나 집안의 대소사가 있어 모이는 날이면 늘 나를 먼저 챙기신다. 나는 자라면서 이런 숙부와 숙모의 은혜를 참 많이도 입었다. 내가 대학입시에 낙방을 하고 방황했을 때에도, 결혼 초기 가족 간에 마음이 상해있을 때도 숙부와 숙모는 늘 내게 힘이 되어 주셨다. 지금도 숙부님은 자신의 아들인 내 사촌보다 나를 먼저 챙기신다. 나는 늘 고맙고 감사하다.

그런데 그 숙부님은 지금 위암 수술을 받으시고 회복 중이다. 나는 십 원짜리 동전 하나를 줍고는 문득 숙모님이 생각났다. 가만히 손에 쥐여주던 십 원짜리. 그날의 그 십 원이 생각이 났다. 유안진 시인의 시(詩)에 의하면 석가세존이 영취산에서 법화경을 설하실 때 땅속에서 솟아나 찬탄했다는 그 다보탑이다. 오늘 내 이 행운이 오롯이 숙부님과 숙모님께 전해져 부처님의 자비로 숙부님의 병이 깨끗하게 나았으면 좋겠다. 내가 기뻤던 그 날처럼. 나는 십 원짜리 다보탑을 모셔놓고 가만 기도를 올려본다. 석가세존의 가피가 있기를.

우편환 십만 원

　몇 년 전의 일이다. 우리 학교에 근무하다 다른 학교로 전근 가신 선생님의 딸 혼사가 있는 날이었다. 결혼 예식이 토요일 오후 두 시 반이어서 점심식사가 어정쩡했다. 나는 선배 교사와 함께 조금 일찍 학교를 나서 예식장으로 가다 식사를 하기로 했다. 막 첫여름이 시작되는 후텁지근한 날씨라 잘한다는 소문이 난 밀면집에서 곱빼기로 선배 교사와 맛있게 식사를 했다.

　예식장에 도착하니 아직 예식 시간에는 조금 여유가 있었다. 먼저 혼주에게 인사를 건네고 부조를 하고 이런저런 아는 분들과 인사를 나누고 있는데 누군가 내 이름을 불렀다. 내가 고개를 돌려보니 나의 초등학교 육 학년 때 담임선생님이셨다. 전혀 생각지도 못한 곳에서 선생님을 뵈니 나는 깜짝 놀랐다. 급히 인사를 하고 안부를 여쭈니 선생님께서는 그래, 그래 하시며 빙그레 웃으시며 손을 내밀었다. 그래 잠시 생각해 보니 오늘 혼주이신 선생님과 내 담임선생님과는 옛날 창녕에서 근무하실 때 호형호제를 하며 잘 지내셨다는 말을 얼핏 들은 기억이 떠올랐다.

막 예식이 시작되자 나도 신랑 입장에 박수를 치고 신부 입장에 눈길을 주고 있는데 선생님께서 손짓으로 가만 나를 부르셨다. 내가 선생님 곁으로 다가가니 선생님께서 가만히 말씀하셨다.

"선경아, 너 점심 안 먹었지?" 나는 무심히 "예, 선생님" 그렇게 대답했다.

"그럼 점심 먹으러 가자." 선생님께서 그렇게 말씀하셨다. 선생님께서는 아마 때를 놓치셨나 보다. 나는 "예, 선생님", 하고 가까운 음식점으로 들어가 이런저런 이야기를 나누며 선생님과 대구탕을 맛있게 먹었다. 나는 그렇게 하루 두 끼의 점심을 먹었다.

식사를 마친 후 내가 점심값 계산을 끝내고 "선생님 가시죠" 하는데도 선생님께서는 봉투를 꺼내 무엇을 적고 계셨다. 나는 혹시 선생님께서 부조금을 전달하지 않고 오셨나 하고 생각했다. 그런데 밖으로 나오자 선생님께서 봉투를 나에게 내밀며 "이것 네 아들에게 주어라" 하시는 게 아닌가. 내 아들에게 주는 용돈이란다. 나는 한사코 사양했다. 멀리 부산에서 오신 선생님께 여비를 드리지는 못할망정 이래서는 안 된다고 사양을 했으나 선생님께서는 완강하셨다.

지금 내가 현직에 있으니 손자에게 용돈도 줄 수 있는 것이라며 한 사코 봉투를 내 손에 쥐여주셨다. 참 민망한 일이었다. 나는 그날 저녁 아들, 딸을 불러 앉혀놓고 이런저런 장광설을 늘어놓았다.

육 학년 때 담임선생님은 나에게는 각별하신 분이다. 내가 육 학년이 되었을 때 우리 집 가세는 더욱 기울어져, 나는 중학교에 진학을 할지 말지 고민하고 있었다. 지금은 의무교육이 되었지만, 그때의 시골 초등학교에서는 중학교에 진학하지 않는 아이들의 수가 꽤나 많아 진학 여부를 설문조사를 하였다. 나는 고민 끝에 중학교 진학을 포기하기로 하고 진학 포기에 동그라미를 했다.

그 다음 날 담임선생님께서 나를 불러 "내 헌 옷가지를 팔아서라도 너 중학교 공부는 시킬게" 하시며 연필로 친 내 동그라미를 지우고 진학에다 동그라미를 치셨다. 나는 지금도 내가 중학교에 갈 수 있었던 것은 순전히 선생님 덕이라고 생각한다. 그랬던 선생님이셨다. 아마도 그날 나는 그런 얘기를 내 아이들에게 했을 것이다.

그리고 일 년 후 선생님은 명예퇴직을 하셨다. 몇 번 전화로만 인사를 드리고 한 번 찾아뵙지도 못했는데 어느 날 우체국 축전이 나에게 날아왔다. 나에게 축전 올 일이 없는데 하고 보니 육 학년 때 담임선생님께서 보내신 축전이었다. 궁금증에 봉투를 열어보니 내 아들의 대학 입학을 축하한다는 말씀과 십만 원권 우편환이 들어있었다. 어디서 내 아들의 대학 입학 소식을 들으셨나 보다.

나는 순간 눈물이 핑 돌았다. 나는 얼른 밖으로 나와 손수건을 꺼냈다. 무어라 말할 수 없는 감정이 북받쳐 한참을 혼자 서성거렸다. 사람이 사람을 사랑하는 것도 한계가 있고 스승이 제자를 아끼는 것도 정도가 있다. 나는 그 순간 선생님에게 도에 지나치는 사랑을 받고 있다는 느낌을 받았다. 어쩌나, 이 갚을 길 없는 사랑. 나는 한 번도 제자 노릇을 한 일이 없는 데 선생님께서는 늘 이렇게 주시기만 한다. 처음부터 끝까지 주시기만 한다.

나는 그 우편환을 아직도 아들의 스크랩북에 보관하고 있다. 감히 현금으로 바꿀 생각도 못 했고 바꿀 생각도 없다. 아마 오랜 세월이 지나면 이것은 한 역사가 되어 나에게는 물론 아들에게도 삶의 큰 기둥이 될 것이다. 나는 그렇게 생각한다. 그리고 내 아들도 언젠가는 그 마음을 알리라 생각한다.

나도 교사가 되어 이제 이십 년이 넘었다. 나도 그렇게 사랑하는 제자가 있었는가? 제자를 그렇게 아껴보았던가? 가슴이 먹먹할 때가 많다. 내 나름으로 한다고 하지만 늘 임시방편의 땜질식 삶이 아니었나? 회의가 올 때가 한두 번이 아니다. 이제라도 잘해 봐야지, 늘 그렇게 마음을 다지지만 돌아보면 허전하다. 좋은 스승 아래서 배웠는데 나의 마음 씀은 아직 멀어도 한참 멀었다.

나는 지금까지 살면서 많은 선생님들의 도움으로 여기까지 왔다. 초등학교 때부터 중학교, 고등학교, 대학교. 내가 어려움에 부닥쳤을 때마다 좋은 선생님이 계셨다. 어쩜 하느님께서 미리 알고 정하여 주신 것처럼 나를 이끌어 주셨다.

서정주 시인은 '나를 키운 것의 팔 할이 바람'이라고 말했지만 내 생애를 키워 온 것의 팔 할은 모두 나를 가르치신 선생님들이시다. 나는 오로지 그분들의 헌신과 기도로 여기까지 왔다. 나도 제자 한 사람쯤의 가슴을 울릴 선생이 되고 싶은데 그게 여의치가 않다. 언제쯤 그게 가능할까? 오늘도 나는 아들의 스크랩북에서 우편환을 꺼내본다.

도토리묵 한 접시

　'개밥에 도토리'라는 말이 있다. 여러 사람에게 어울리지 못하고 혼자 외톨이로 돌 때 하는 말이다. 아마 개도 먹기가 거북해 밥그릇에서 이리저리 밀어내어 먹지 않고 남겨두어 하는 말이겠다. 그만큼 도토리는 먹기가 거북한 먹거리였겠다. 개밥에서조차 환영을 받지 못하는 먹거리. 그러나 가난한 사람에게는 이도 중요한 먹거리여서 도토리떡이며 도토리묵을 만들어 허기를 메웠다.

　반야월 작사의 인기가요 '울고 넘는 박달재'에서 금봉이는 떠나는 님을 두고 "돌아올 기약이나/ 성황당에 빌고 가소"라며 도토리묵을 싸서 허리춤에 달아주며 한사코 울었다고 노래하고 있다. 돌아올 기약도 없이 떠나는 임에게 마지막일지 모르는 나의 정성이 도토리묵을 싸주는 것이다. 이렇듯 도토리묵은 가난한 사람에게는 긴요한 먹거리였다.

내 고향마을에는 도토리나무가 많았다. 그래서 가을이면 아침 일찍 일어나 아침을 먹기 전에 도토리 한 되쯤을 주워오고서야 아침을 먹고 학교에 가곤 했다. 그러면 어느 날 이 도토리가 떡이 되기도 하고 묵이 되기도 했다. 먹을 것이 귀하던 시절 이것은 중요한 먹거리였다.

이러한 도토리가 요즘 웰빙식품으로 인기를 더하고 있다. 시장은 말할 것도 없고 물 좋은 계곡이건 바닷가건 어디 유원지라도 가면 술안주로는 으레 도토리묵이 준비되어 있다. 우리는 습관처럼 안주로 도토리묵을 시키곤 막걸리를 마신다. 어릴 때 도토리를 가까이 했던 사람이나 그렇지 못했던 사람이나 정해진 약속처럼 도토리묵을 시킨다.

도토리는 사람들에게도 생각을 많이 하게 하는 열매지만 겨울을 넘기는 산 속의 다람쥐나 청설모에게는 없어서 안 될 중요한 겨울 양식이다. 그래서 산 속의 도토리를 줍지 말자는 캠페인을 벌인 일도 있다. 사람들에게는 그냥 추억의 간식거리이지만 겨울을 나는 짐승들에게는 없어서는 안 될 중요한 먹거리일 게다.

이러한 도토리묵은 술자리의 나를 말 없게 만들고 혼자 개밥에 도토리처럼 상념에 빠져들게 한다. 도토리 한 움큼의 추억이 내 어린 시절 꿈과 도토리 키만 하던 친구들의 꿈을 생각나게 한다. 그래서 술자리에 앉게 되면 배가 불러도 으레 도토리묵 한 접시는 약방의 감초처럼, 실과 바늘처럼 딸려온다. 이런 날의 술자리는 돌아와 다시 생각을 해보면 대화의 내용은 모두 사라지고 도토리묵에 대한 기억만 새롭다.

오늘도 이런저런 핑계로 후배들과 만나서 습관처럼 도토리묵을 안주로 막걸리를 마셨다. 후배들에게는 이 도토리묵이 어떤 안줏거리인지 모르겠지만 나에게는 상념이 많은 음식이다. 그 떨떠름한 맛과 식전 댓바람에 한 바구니 주워오던 뿌듯함의 어린 날의 기억이 젓가락에 딸려온다. 나는 말이 없이 도토리묵을 앞에 놓고 멍하니 막걸릿잔만 쳐다본다. 아! 또 도토리묵. 나는 후배들의 이야기에서 빠져나와 나 혼자 까까머리 초등학생이 되어 도토리를 한 되나 주웠던 그 아침으로 달려가고 있다.

이러한 도토리묵을 집으면 도토리 한 움큼의 뿌듯함, 도토리 한 주머니의 불룩함, 도토리 한 바구니의 만족감이 도토리묵 한 젓가락에 딸려온다. 식전 댓바람에 주워왔던 도토리 한 주먹. 다람쥐가족같이 도토리 한 움큼에 그렇게 뿌듯했던 어린 시절이 딸려온다. 도토리묵을 싸서 허리춤에 달아주며 한사코 울던 박달재의 금봉이가 도토리묵에는 있다.

푸조나무를 만난 아침

　　최영철 형이 부산 수영에 사실 때다. 수영 성당 앞에 있는 작은 주택이었다. 나는 부산에 행차를 하면 자주 영철 형의 집에 들르곤 한다. 그날도 그랬다.

　　내가 부산의 한 행사 끝에 술이 엉망진창이 된 그 날도 그랬다. 밤이 늦어 수영동에 있는 최영철 형의 집으로 기어들어 간 것은 아마 자정을 넘겼을 것이다. 나는 종종 부산에서 무슨 행사가 있는 날이면 염치없이 영철이 형네를 신세를 지곤 한다. 그날도 아마 무슨 행사 끝에 그랬을 것이다.

　　다음 날 아침 해장거리를 사기 위해 수영시장을 찾는 길에 영철이 형이 길을 에둘러 나에게 특별히 보여준 것이 수영성의 푸조나무다. 부산 수영구 수영동 271외 4필에 있는 부산 좌수영성지 푸조나무나무는 천연기념물 311호다. 수령이 오백 년이 넘은 푸조나무는 그 품이 넓고 컸다.

수령이 오백 세쯤이라 그랬는지 그 나무 아래에서 나는 갑자기 술이 확 깨는 느낌을 받았다. 휘영청 늘어진 가지, 더 넓은 품. 나는 한눈에 반했다. 이 나무는 전체적으로 옆으로 기울어져 자라고 있었는데, 줄기에는 상처의 흔적이 있고, 혹이 발달해 있었다. 오랜 생의 상처이리라. 줄기의 끝은 죽어 있으나 전체적으로 위엄이 있는 모습이었다.

오래된 나무는 그 자체로 숭배의 대상이다. 그것이 은행나무든, 느티나무든, 푸조나무든, 소나무든. 몇백 년을 넘긴 그 수령이 짧은 사람의 한 생애를 덮고도 남기에 그 자체로 이미 경외의 대상이다. 그래서 마을마다 오래된 나무를 당산나무로 숭배하는지 모르겠다.

그날 아침 우리는 푸조나무 아래서 아무 말 없이 오랫동안 머물렀다. 어쩐지 쉽게 떠날 수 없는 기운이 감돌았다. 형도 나도 별 말 없이 푸조나무를 몇 바퀴를 돌았다. 이쪽 가지를 한 번 쳐다보고 저쪽 둥치를 한 번 둘러보며 아침 장을 보러 나온 것을 잊고 있었다.

수영성 푸조나무를 만난 아침, 우리는 수영시장에서 생태를 한 마리 사서 생태찌개를 먹었다. 두부와 생태를 들고 돌아와 아무 말 없이 형수 앞에다 던져두고 마룻바닥에 몸을 뉘었다. 형수가 생태찌개를 끓여 아침을 드시라 채근할 때까지 그러고 있었다. 간밤의 술기운은 이미 사라지고 없었다.

내가 사는 마산에도 오래된 푸조나무가 한 그루 있다. 내가 자주 가는 만날고개 공원의 한켠에 당산나무처럼 서 있다. 이 푸조나무는 수령이 삼백오십 년쯤 된다. 수영성 푸조나무보다는 수령이 좀 적으나 이 나무도 만만치는 않다. 만날공원을 한 바퀴 돌고 내려오며 나는 언제나 이 푸조나무 아래 잠시 머물렀다 온다. 수영성의 푸조나무를 생각하며, 영철이 형을 생각하며. 그날의 아침을 생각하며.

사람이 살면 얼마나 산다고 아침부터 저녁까지 왁자지껄하며 동동거리고, 하루가 멀다 하고 한숨이고 걱정이다. 이제 겨우 나이 오십을 넘긴 내 삶의 신산함도 허풍떨며 말하자면 이미 가지의 반쯤은 부러지고 뿌리가 반쯤 드러났다. 그런데 몇백 년을 넘기고도 그 푸름을 지키고 그 우듬지를 지킨다는 것은 하나의 신화(神話)가 아니고 무엇이랴.

나는 큰 나무 아래 서면 종종 내 작은 삶을 반성하게 된다. 그것이 굴참나무든 상수리나무든 감나무든 한 아름 둥치를 키운 나무 앞에 서면 늘 같은 생각을 한다. 저기 저렇게 한 생애가 넉넉한데 조그만 내가 무얼 그러느냐. 나를 돌아보고 다독인다.

지금 내가 버둥거리는 이 작은 삶, 한 꿈이리라. 아주 잠깐 졸음 끝에 꾼 꿈이리라. 저 푸조나무에 비하자면 내 취한 저녁의 술기운

물칸나를 생각함

으로 혼몽에 든 것이리라. 다 깨고 나면 저기 한 무리 구름이리라. 저 푸조나무 머리 위에 모였다 흩어지는 흰 구름이리라.

명분 싸움에서 벗어나자

요즘 교원평가제가 도마 위에 올라있다. 한편에서는 교육의 질 개선을 위해서는 절대적으로 해야 할 것이라고 목청을 높이고, 또 한편에서는 교단의 갈등만을 부추기게 될 거라며 목소리를 키운다. 두 주장이 마주 보고 달려와 정면충돌을 할 기세다.

그런데 여기에 문제가 있다. 서로 머리를 맞대고 좋은 교육을 위한 복안과 계획을 의논하기보다는 자신이 미리 정해놓은 틀 속으로 들어오기를 강요하며 마구 목청을 높이는 실정이다. 그러다 보니 좋은 교육을 위한다는 본질은 온데간데없고 서로를 비난하기 위한 명분싸움만 열중이다.

예를 들면 한편에선 교원집단은 지금까지 한 번도 평가가 이루어진 적이 없는 집단인 듯 말하고, 무사태평에 세월만 까먹은 무능과 무사안일의 표적인 것처럼 말들을 하고 있다. 과연 그런가. 지금까지 교사를 승진시키고 교감이 되게 하고 장학관이 되게 하고 교장이 되게 한 것은 평가에 의한 것이 아니고 무엇인가? 그런데 지금껏 평가 한 번 받지 않은 것처럼 말들을 한다. 문제는 여기에 있다. 이것은 명분축적을 위한 싸움으로밖에 보이지 않는다.

지금까지의 교원평가가 문제가 있다면 고쳐야 하고 바꾸어야 한다. 교원평가제가 좋은 교육을 위해 교육의 발전을 위해 해야 한다면 교사와 한 번 머리를 맞대고 의논해 보면 좋지 않겠나. 못할 게 무언가? 한데도 미리 어떤 틀을 만들어 놓고 무조건 수용하라고 강요하고 있는 실정이다. 그러다 보니 명분만 그럴듯하고 실제로는 다른 목표를 가지고 이 일을 추진하는 게 아닌가 하는 의구심이 갈등을 더 부채질하는 것 같다. 좋은 교육을 하자는데 그것을 반대할 교사가 과연 몇이나 있겠는가?

'구밀복검(口蜜腹劍)'이란 말이 있다. 겉으로는 달콤한 말을 해 놓고 속으로는 칼을 숨겨 언제 어디서 목을 겨눌지 모른다는 말이다. 오늘의 문제인 교원평가제가 그렇다. 교사들과 머리를 맞대고 협의하기보다 이런저런 단체들을 앞세워 교원집단을 집단이기주의 운운하며 명분 쌓기에 연연한다고 말하는 자체가 그런 의구심을 갖기에 충분하다. 요즘 우리 사회에 요원의 불길처럼 번지는 마타도어의 한 본보기가 아닌가 하는 생각을 들게 한다.

고양이 목에 방울은 왜 다는가? 우리는 그 우화를 너무나 잘 알고 있다. 방울을 달아야 한다면 달아야 하지 않겠나. 그러나 좋은 교육을 위해 하자고 한다면 협의 과정에 더 좋은 방법이 나올 수도 있지 않겠는가. 지금 교육부에서 하자고 하는 방법을 보면 평가는 다양하게 잘할 수 있을지 모르나 좋은 교육, 질 높은 교육과는 거리가 좀 있어 보인다. 평가만 열심히 하면 좋은 교육은 저절로 이루어지는가? 조금만 눈을 돌려 협의를 해 본다면 교사와 교사 간의 갈등, 교사와 학생 간의 갈등, 평교사와 관리자와의 갈등을 최소화하는 보다 나은 평가의 방법도 있으리라 생각된다.

세상을 경영하는 사람은 내 입지나 내 이로움만을 생각할 게 아니라 세상의 백성들이 보다 살기 좋고 잘 사는 나라를 만들려고 하는 마음이 앞서 있어야 하겠다. 우리가 해야 할 것은 명분싸움이 아니라 바른길로 가는 것이다. 바른길로 가자면 조금은 더디고 느린 걸음일지라도 충분한 숙의와 검토의 과정이 있어야 하겠다. 너무 급하게 하는 일은 실수가 많은 법이다. 법이란 조변석개(朝變夕改)할 수 있는 것이 아니다. 여기서 잠시 호흡을 가다듬는다 생각하고 한번 머리를 맞대어 보는 것은 어떨까?

그리고 쓸데없는 명분으로 서로를 물어뜯는 일은 이제 그만하자. 서로를 속이는 일도 이쯤에서 그만두자. 아주 잠깐 세상을 속일 수는 있어도 영원히 세상을 속일 수는 없는 법이다. 고양이 목

에 방울은 어떻게 달 것이며, 왜 달아야 하는 것인지 속 시원히 말
해보자.

우리 사회의 '낭패'

옛날에 앞다리 짧은 이리와 뒷다리 짧은 이리가 살고 있었다. 앞다리 짧은 이리나 뒷다리 짧은 이리나 모두 불구여서 이동이 용이하지 않았다. 그래서 이 둘은 마음을 합쳐 앞다리 짧은 이리는 뒤가 되고, 뒷다리 짧은 이리는 앞이 되어 서로 어깨를 걸고 이동했다.

이 둘은 둘이면서 하나였고, 하나이면서 둘이었다. 그러다 장애물을 만나 서로 어깨를 건 다리가 풀려 나누어지게 되면 둘 다 불구로 돌아가는 것이었다. 이것이 '낭패(狼狽)'다.

낭패는 바로 이 두 마리의 이리가 합체되지 못한 상태를 이르는 말이다. 그런데 우리 사회는 오래전부터 이런 낭패의 길을 걸어 왔다. 앞다리 짧은 이리와 뒷다리 짧은 이리가 편을 나누어 이쪽은 저쪽을 욕하고 저쪽은 이쪽을 욕하며 살아온 지가 이미 반세기를 넘었다.

그런데도 아직 불구의 이리떼들은 서로 합체하지 못하고 도리어 앞뒤에다 더하여 이젠 좌우로도 나뉘어 조각 그림이 되었다. 조각 그림이 아니라 아주 모자이크가 되었다. 낭패다.

개성(個性)도 중요하고 남다른 생각도 중요하다. 그러나 우리 사회에서 바로 지금 더 중요한 것은 통합의 논리(論理), 통합의 이념이 아니겠는가? 내가 얼마나 남과 다른가가 아니라 우리가 얼마나 같은가를 생각할 때다.

그런데 우리 사회는 마주 오는 기차처럼 서로 역방향에서 달려와 부딪히기만 한다. 여당과 야당이 그러하고, 노사가 그러하고, 남녀노소, 우수마발이 다 그러하다. 하추교역기(夏秋交易期)의 상극(相剋) 시대가 되어서인지는 몰라도 그 열매가 그 나무를 부정하고, 그 가지가 그 뿌리를 부정하면서 우리 사회는 이미 모래알이 되어버렸다. 서로 잘되기 위해서가 아니라 서로 다르게 보이기 위해서 찢어지고, 갈라진 생각과 행동의 파편들은 우리의 자랑스러운 전통문화라고 일컫는 공동체의 모습을 모래밭으로 만들고 있다.

이 모래들을 이어붙이고 함께 뭉쳐 단단한 벽돌로 만드는 것은 위정자에서부터 학자에 이르기까지 이 시대의 지도자들이 해야 할 일이다. 그런데 지금의 우리 사회 지도자들은 입으로는 통합을 이야기하면서 오히려 더 극심한 분열을 일으키고 있는 것 같다. 더 나은 길을 위해서가 아니라 자신의 이념에 충실하기 위해서, 더 선명하게 분열하고 있는 것 같다.

이제는 우리가 얼마나 같은가, 우리는 너와 내가 얼마나 많은 교집합을 가지고 있는가를 생각해야 할 때다. 이것이 통합의 논리, 통합의 이념이며 상생(相生)의 이념이다. 나와는 다르기 때문에 너이지만, 서로 같으므로 우리이지 않은가.

우리는 나와 너 둘이지만 하나다. 이것은 어려운 일이 아니다. 자신의 생각의 틀에서 한 발만 나와서 보면 보일 일이다. 저 앞다리 짧은 이리와 뒷다리 짧은 이리가 어떻게 우리를 이루며 살아가는 지를 우리는 배워야 하지 않겠는가? 영원히 너는 너일 뿐이고 나는 나일 뿐이라면 우리는 정말 낭패다.

생각을 한번 바꾸어보자. 그러면 영원히 평행선으로 달릴 것 같은 경도선(經度線)도 남극(南極)과 북극(北極)에서 만나지 않는가. 생각을 바꾸면 영원히 나누어진 것 같은 안과 밖도 만날 수 있지 않은가. 저 뫼비우스의 띠처럼.

하루살이 생태 닮은 정치권

하루살이는 전세계에 6,000여 종이 있으며 우리나라에는 50여 종이 있다고 한다. 성충 시기에는 먹이를 먹지 않으므로 '하루살이 목숨'이라고 비유될 만큼 수명이 짧다. 1시간에서 2~3일, 길어도 3주일 정도만 산다고 한다. 이런 하루살이가 한낮에는 숨어 있다가 해질 녘이 되면 무리를 지어 날아다니는 것을 여름철엔 자주 볼 수 있다.

그런데 이 하루살이의 일생을 생각해보면 참으로 바쁘겠구나 하는 생각을 떨쳐버릴 수가 없다. 태어나자마자 연애도 해야겠고 결혼도 하고 새끼를 낳고 죽으려면 그 짧은 수명에 얼마나 바쁘겠는가? 그러니 시작과 동시에 결과도 보아야 직성이 풀린다. 이렇게 바쁜 하루살이의 일생을 우리 삶 주위에서도 볼 수 있다. 특히나 정치권을 보면 이런 하루살이의 생태를 자주 느끼게 돼 입맛이 씁쓸하다.

긴 역사의 안목에서 본다면 나의 존재는 전 세대와 후 세대를 이어주는 징검다리의 돌덩이 하나에 불과하다. 그런데 꼭 하루만 살고 말 것처럼 허둥대는 일들이 너무 많다. 단군 성조(聖祖)로부터 이어져 온 5000년 역사의 때를 내가 다 지우겠다고 큰소리치던 정치인이 어디 한둘이며, 밀주 단속 나온 공무원같이 여기도 푹 찔러보고 저기도 푹 찔러보며 온통 구멍을 내는 일은 또 얼마인가. 어느 것 하나 제대로 고쳐보지도 못하고 대책도 못 세우면서 세상만 시끄럽게 하는 게 어디 이번만인가?

숲을 하나 가꾸려 해도 나무를 심는 사람이 있어야 하고, 나무를 가꾸는 사람도 있어야 하며, 나무의 열매를 거두는 사람도 있어야 한다. 그런데 그보다 더 큰 일을 하자면 준비하는 사람도 있어야 하고, 실행에 옮기는 사람도 있어야 하며, 마무리하는 사람도 있어야 한다. 그런데도 내가 아니면 두 번 다시 이런 일을 할 사람이 없는 양, 그런 기회가 영원히 없는 양 말이 떨어지기 무섭게 결과부터 보자고 여기저기 들쑤셔 벌집을 만들어 놓는다.

이제 해원(解寃)과 상생(相生)의 시대를 맞이해 그 누구에게도 잘못된 평가로 한(恨)을 만들어선 안 될 터인데 너무 쉽게 친일파를 만들고, 반민족 행위자를 만들고, 파렴치범으로 만들어 우리나라에는 어디 존경할 만한 인물이 하나도 없는 것처럼 세상을 바꾸어 놓았다.

우리는 너무 쉽게 칼을 휘두르는 것 같아 불안하다. 집단 폄하의 시대가 된 기분이다.

또 제 당대에 모든 것을 걸고 민족의 역사를 새롭게 세우겠다며 생겨났다가 정권이 바뀌면 없어지고 새로이 생겨난 정당들이 얼마며, 그렇게 높은 이상을 내걸었던 정권이 그다음 정권에 의해 폄하된 것은 또 얼마인가? 무엇이 하루살이인가? 아이들 보기가 부끄럽고 창피하다. 나는 아직도 '내 임기 중에 어떤 일을 함에 이 일의 기초만은 튼튼히 닦아놓겠습니다. 내 다음에 올 훌륭한 지도자를 위해 한 그루의 나무를 심겠습니다.'라고 말하는 지도자를 본 일이 없다. 그런 지도자를 원하는 일이 어디 과욕인가?

조금 어두운 구석을 발견했다 싶으면 떼거리로 몰려들어 웽웽거리다가 아니다 싶으면 어느 수풀 구석에 숨었는지, 그 많던 우국지사(憂國之士)가 코빼기도 보이지 않는다. 여름철 등불을 찾아 몰려들었다 그 등불 아래서 죽어 수북하게 쌓인 하루살이의 주검을 보듯 켜켜이 쌓여있는 역사의 하루살이 인물들을 무수히 본다.

우리는 하나의 징검다리를 놓듯 그렇게 역사에 대해 겸손할 줄 알아야 한다. 나는 하나의 돌덩이이니 내 다음의 돌덩이에게로 걸음을 옮기기 가장 좋게 놓는 법을 익혀야 한다. 내 다음 돌덩이보다 너무 크거나 혹은 너무 작거나 너무 멀리 떨어져 있으면 곤란하다. 가장 알맞은 보폭으로, 가장 알맞은 크기로 우리 민족을 건너게 해주는 징검다리의 돌덩이여야 한다. 그런 지도자를 우리는 원한다. 징검다리가 하나의 돌덩이로 이뤄진 것은 아니지 않는가?

나의 막사발

'막'이란 접두사는 일부 명사 앞에 붙어, '거친' 또는 '품질이 낮은'의 뜻을 더하여 '막국수' '막담배' 등으로 쓰이거나, 일부 명사 앞에 붙어, '마구 닥치는 대로 하는'의 뜻을 가진 '막노동' '막말' 등으로 쓰인다. 또한 일부 동사 앞에 붙어, '주저 없이', '함부로'의 뜻을 더하는 말로 '막가다' '막살다' 등으로 사용된다.

막사발은 '마구 닥치는 대로 하는'의 뜻으로 낡은 물레의 축 위에서 한껏 흔들렸다가 유약통에 텀벙 담갔다 장작불로 구운 서민들의 생활잡기(生活雜器)다. 국그릇, 밥그릇으로 쓰이다 금이 가면 막걸릿잔으로, 이가 빠지면 개밥그릇도 된다. 참 편한 그릇이다.

최근 나는 친구로부터 막사발 하나를 선물받았다. 나는 그 순박한 맛에 반해 나의 서재 책장 한 칸을 비우고 그 사발을 올려 두었다.

은근한 맛이 볼수록 정감이 간다. 나이가 들수록 요란하고 화려한 것보다 순박한 것이 마음에 들고 정이 간다. 그런데 이 막사발이 일본의 국보가 되어있단다. 이도다완이다. 의미심장한 일이다.

일본은 예부터 다도를 숭상했다. 그 다도의 중시조 격인 인물인 센 리큐(千利休)가 이끄는 사카이(오사카 남단에 있는 도시)의 다도회는 중국 도자기의 명산지 경덕진에서 생산된 청자와 백자 아니면 고려 청자와 조선 분청사기를 사용했다 한다. 그러다 임진왜란이 끝나고 몇 년 뒤, 끌려온 조선 도공들이 만든 막사발이 이 다도회에 진상되었단다.

이 다도회의 회원들은 막사발에 경탄을 금치 못했다 한다. "다른 다기는 아름답기는 해도 기교가 심한 것이 흠인데, 이건 무기교라 순박미가 넘칩니다.", "상감을 새긴 것도 없고 그림도 넣지 않았는데, 유약이 흐르면서 밑동에서 절로 미감이 감돌아 품격이 대단합니다." 하고 아꼈다 한다.

무기교가 만든 극치의 예술품인 이 조선 막사발의 생산자인 조선 도공들은 경상도 진주목의 '새미골' 관요 출신이었단다. 새미는 '샘'의 옛말. 샘을 일본식 한자로 쓰면 '井', 고을은 '戸', 그래서 井戸라 해서 이름이 이도다완이 되었단다. 즉, 이도다완은 새미골 막사발의 일본 이름인 것이다. 이때의 이도다완 중 교토 대덕사 고봉암의 것이 일본 국보가 되고, 42개 정도가 일본에 더 있는 것으로 알려져 있다.

사람의 정감도 이 막사발과 같이 순박한 것이 좋다. 소박하고 은은하기가 달빛 아래 박꽃 같은 것이 좋다. 있는 듯 없는 듯 웃는 듯 아니 웃는 듯 소박한 사람이 좋다. 모든 사물이 이제는 화려하고 요란한 것보다 조용하고 소박한 것이 좋다. 꾸민 듯 아니 꾸민 듯 은근한 것이 좋다. 나의 얼굴에서도 막사발 같은 편안함이 서렸으면 좋겠다.

이도다완이 일본의 국보가 된 것은 우연한 일이 아닌 것 같다. 내가 보기 좋으면 남도 보기 좋은 것. 아름다움이란 절대가치가 어찌 너와 내가 다르겠는가. 조용하고 순박한 저 막사발의 담백함을 누구라 사랑하지 않겠는가? 너와 내가 다르지 않을 것이다.

'막'이란 접두사가 붙어 이렇게 편한 것은 또 '막국수'가 있다. 그냥 멸칫국물에 시원히 말아낸 막국수는 그 맛이 담백하여 먹어도 아니 먹은 듯하고 그 맛이 소박하고 요란하지 않아서 좋다. 요리하기도 간편하고 그 값도 저렴하여 막사발과 참 잘 어울린다. 이 막국수를 막사발에 한 그릇 말아먹으면 어떨까? 소박하게 참 소박하게. 국수를 말아 아들에게 내미는 어머니의 얼굴 같은 저 소박함. 어느 자리나 어울리는 저 담백함. 막사발이여! 막국수여!

어부바

　내가 처음 우리 아들과의 대화로 시작된 말은 "킹기야?"였다. 무슨 질문 같았는데 아직도 무슨 뜻인지 모른다. 그 다음 아들과의 대화는 "히꾸힝니야"였다. 이 유아어(幼兒語)를 나는 아직도 정확하게는 해석을 하지 못하는데 대충 "킹기야?"는 '그래요?' 쯤으로 해석하고 "히꾸힝니야"는 '나도 그래요' 쯤으로 해석한다. 하지만 이는 나의 짐작일 뿐이다. 나는 이 짐작으로 아들과 늘 대화를 했다. 그런대로 대화도 잘 이루어지고 결과도 좋았다.

　아들이 자라 글을 읽을 수 있을 때쯤에 이 말이 무엇을 의미하는지 물어보았는데 아들도 기억하지 못했다. 자신도 알 수 없는 말이라고 했다. 이는 궁금함을 떠나 신기한 체험이었다. 어쩜 이 유아어(幼兒語)는 자신도 모르게 뱉어낸 신(神)의 말일까? 대체로 유아어(幼

兒語)는 일정한 시간이 지나면 잊어버리곤 하는데 잊지 않고 계속되는 말들도 있다.

유아어(幼兒語) 중에서는 나중 나이가 들어도 계속 사용하는 말 중에는 먹거리를 의미하는 '맘마' 나 회초리나 벌을 의미하는 '맴매'가 있다. 맘마는 '얌얌' 이라는 말로 바뀌기도 하고 '맴매'는 '지지' 라는 말로 대체되기도 한다.

이런 유아어(幼兒語) 중에서도 특별한 말이 '어부바'다. 업거나 업힌다는 뜻의 '어부바'는 돌이 지나고 나서도 계속되는 말이다. 어부바는 친근함을 나타내는 말이며, 사랑을 나타내는 말이기도 하다. 원래 업어준다는 것 자체가 사랑을 나타내는 행위이기도 하다.

우리 아들이 장손으로 태어나자 나의 할머니 즉 증조모의 등에 업혀 지냈다. 나의 어머니 즉 할머니가 계셨지만, 시어머니인 증조모의 눈치를 보느라 친손자를 업어보지 못했다. 이에 나의 어머니는 추석이 가까운 어느 여름에 밤 주우러 가자고 손자를 꾀어 온 산으로 업고 다니며 그 애태움을 달랜 적이 있다.

등과 배가 맞닿아 서로의 심장 박동을 듣는 엎는다는 행위는 살과 살이 맞닿는 행위요, 심장과 심장이 맞닿는 행위인 것이다. 생전 아버지는 노년에 중풍에 걸려 거동이 불편하셨다. 중풍에 걸려 거동이 불편한 아버지를 목욕탕에 모시고 가거나 이발관에 모시고 갈 때는 엎는 방법밖에 없었다. 이 일은 늘 내 동생이 자청했다. 아버지는 특히 동생에게 업히는 것을 좋아하셨다. 우리는 늘 아버지를 업고 목욕탕을 가고 이발관을 갔다. 매번 그러다 보니 목욕탕 주인도 이발사 아저씨도 우리를 보면 척 알아서 대해주셨다. 어부바, 아버지는 다시 아이가 되셨다.

곧잘 내가 너를 보살펴 키웠다는 말로 사용되는 말이 내가 너를 업어 키웠다는 말이다. 나는 육 남매 맏이로 자라며 참 많이도 동생들을 업었다. 사내아이가 동생을 업고 다닌다는 것이 부끄러웠으나 어쩔 도리가 없었다. 일손이 바쁜 어머니를 위해서는 우는 동생을 업을 수밖에 없었다. 나도 고모의 등에 업혀서 자랐고 동생들도 고모나 나의 등에 업혀서 자랐다.

이제 나도 나이가 육십에 가깝다. 이 다음 손자를 보게 되면 다시 업게 되리라. 손주의 심장 박동 소리를 등으로 느끼며 업고 온 들판으로 다니리라. "자 여기 내 등이 있다. 어부바" 내 등을 내어 주리라. 어부바하리라. 나는 너를 사랑한다는 말, 나는 너에게 내 등을 맡긴다는 말. 어부바, 저 정겨운 말 어부바. 다시 어부바하리라. 내 아들에게 했듯이 어부바하리라.

"자 여기 내 등이 있다. 그리운 이여 여기에 업혀라. 어부바. 어부바."

뽕나무 칠백 그루

오디가 제철이다. 학교 뒷산의 뽕나무에도 오디가 까맣게 익었다. 퇴근길에 들린 시장에도 할머니들이 한 움큼씩 오디를 바구니에 담아 팔고 있었다. 나는 까만 오디에 대한 추억이 뽕나무에 달린 오디같이 많다.

여름이면 외갓집에 가서 누에에게 먹일 뽕잎을 따거나 외사촌들과 오디를 따먹다 오디로 장난을 친 기억들도 그중 하나다. 누에는 보통 춘잠(春蠶)과 추잠(秋蠶)으로 나뉘는데 외갓집에서는 하잠(夏蠶)도 했다. 뽕밭 사이사이엔 수박을 심어 뽕잎을 따다 목이 마르면 수박을 따 깨먹기도 했다.

뽕나무를 이야기하자면 먼저 생각나는 사람이 제갈량이다. 제갈공명은 뽕밭 칠백 평을 가지고 있어 천하가 요란스러울 때도 몸을 온전히 보존할 수 있었다. 그리고 유비 현덕이 자신을 찾아왔을 때도 쉽게 나가지 않고 삼고초려(三顧草廬) 할 수 있었다. 그리하여 자신 단순히 군사참모로서가 아니라 군사(軍師)로 스승의 대접을 받을 수 있었다. 그것은 뽕밭 칠백 평의 힘이었다.

나는 아들이 군복무로 군대에 갔을 때 그 두 번째 편지에 제갈량과 뽕나무 칠백 평의 이야기를 적어 보냈다. 아내는 기함을 하며 군에 있는 아들에게 부담되는 그런 이야기를 왜 하느냐고 나에게 따지듯 윽박질렀지만 나는 꿋꿋하게 편지를 부쳤다. 나는 아들이 나의 마음을 읽었으리라 생각한다. 위신과 줏대가 뽕밭 칠백 평에 들어 있다. 내가 하고 싶었던 말이다.

사람은 누구나 자신의 의지대로 살아가기를 희망한다. 나 역시 갑남을녀의 한 사람으로 나의 의지대로 살아갈 수 있기를 기도한다. 그러나 세상은 늘 내 뜻의 반대편에 서서 나를 조롱하듯 나의 의지와 다르게 나를 꺾어 놓으려 한다. 발버둥 치면 발버둥 치는 만큼 더 센 힘으로 나를 굽히려 든다. 뽕나무 칠백 그루를 가지지 못한 내 불찰이다.

내가 이제 세상에 졌다, 라는 생각이 들 무렵 나는 과감하게 명퇴신청서를 썼다. 이제 더 이상은 허물어지지 못하겠다. 난쏘공의 아버지처럼 나도 이제 지쳤다는 생각이 들어 명퇴서를 썼다. 그러나 이도 세속의 일이라 호락호락하지 않다. 명퇴서를 내어도 명퇴가 어렵단다. 가장을 포기하는 기분으로 썼던 명퇴서가 무안하여 도장밥으로 벌겋다.

내가 명퇴서를 쓰고 난 다음이 더 재미있다. 아들은 대학원 진학을 내게 통보했고, 동생은 새로 집을 지었다. 다들 자신의 뽕나무밭 칠백 평을 찾아 나선 것일까? 나는 세상의 포승줄에 묶여 움쳐 뛰지도 못하고 생색도 나지 않는 인사말로 전화통이나 붙들고 있는데. 오오, 그리운 나의 뽕나무 칠백 그루. 그럼 나의 뽕밭 칠백 평은 어디에 있는가?

동진의 도연명은 오두미(五斗米) 때문에 고개를 숙이기 싫다고 마흔한 살에 귀거래사(歸去來辭)를 썼고, 지조론으로 유명한 시인 조지훈은 오십을 넘기지 못했다. 그런데 나는 나이가 이미 거의 육십에 가깝다. 나는 무엇을 한 것인가? 아직도 갖추지 못한 나의 뽕밭 칠백 평.

오디는 익어 까맣게 탐스러운 맛을 자랑하는데 보이지 않는 나의 뽕밭 칠백 평으로 쓴 입맛만 다시는 오늘이다. 새들도 제 둥지로 돌아가는 쓸쓸한 저녁이 오면 오늘은 뽕잎차나 한 잔 마실까? 아무리 생각해도 찾아지질 않는 나의 뽕나무 칠백 그루. 없어서 더욱 그리운 나의 뽕나무 칠백 그루.

물칸나를 생각함

초판발행일 | 2015년 10월 31일

지은이 | 성선경
펴낸곳 | 도서출판 황금알
펴낸이 | 金永馥

주간 | 김영탁
편집실장 | 조경숙
인쇄제작 | 칼라박스
주소 | 03088 서울시 종로구 이화장2길 29-3, 104호(동숭동, 청기와빌라2차)
물류센타(직송 · 반품) | 100-272 서울시 중구 필동2가 124-6 1F
전 화 | 02) 2275-9171
팩 스 | 02) 2275-9172
이메일 | tibet21@hanmail.net
홈페이지 | http://goldegg21.com
출판등록 | 2003년 03월 26일 (제300-2003-230호)

ⓒ2015 성선경 & Gold Egg Publishing Company. Printed in Korea

ISBN 979-11-86547-12-0-03810